雅楽「源氏物語」のうたまい

佐藤浩司／著
天理大学雅楽部／協力
道友社／編

道友社

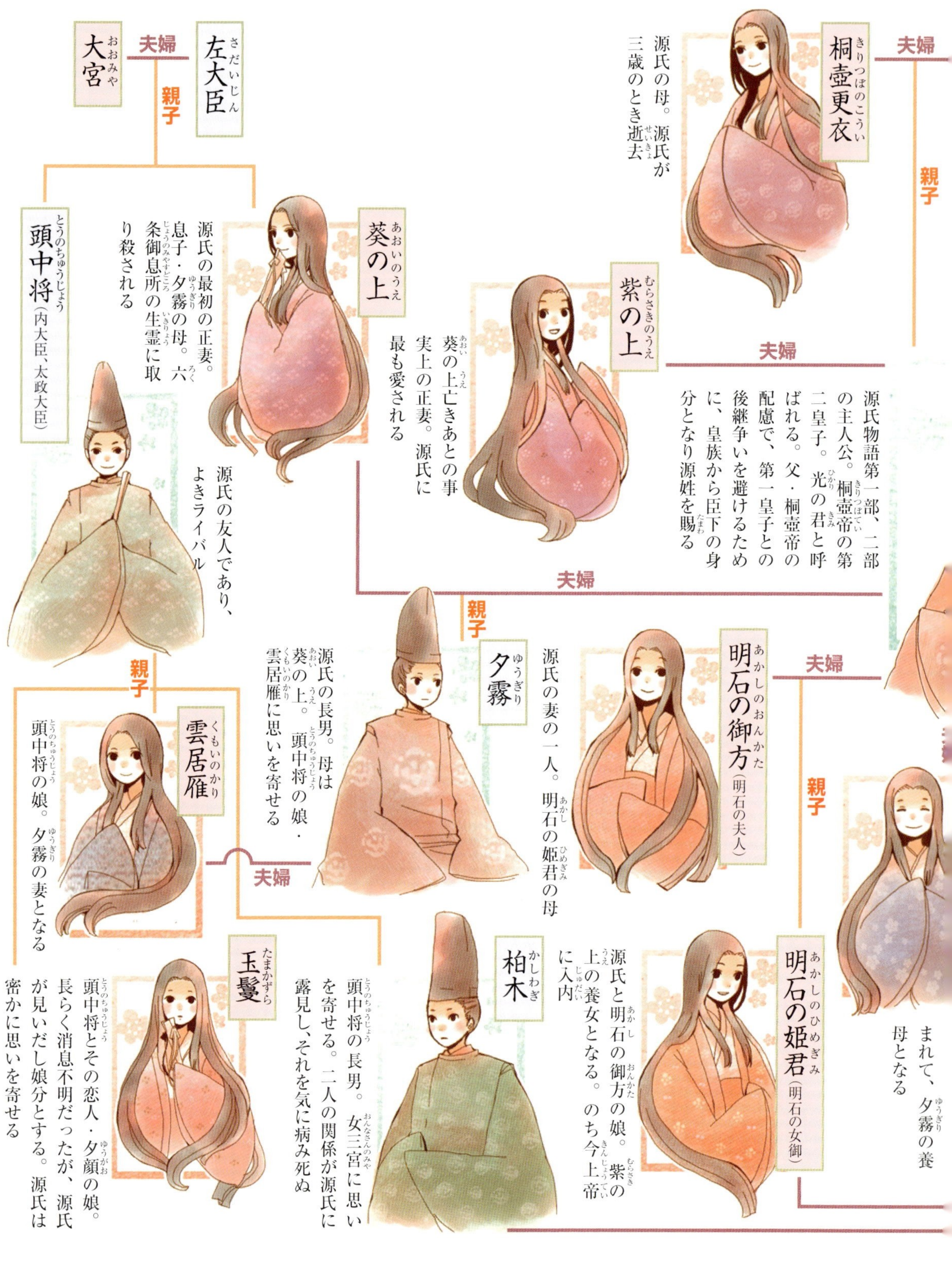

桐壺更衣
源氏の母。源氏が三歳のとき逝去
夫婦
親子
源氏物語第一部、二部の主人公。桐壺帝の第二皇子。光の君と呼ばれる。父・桐壺帝の配慮で、第一皇子との後継争いを避けるために、皇族から臣下の身分となり源姓を賜る
紫の上
葵の上亡きあとの事実上の正妻。源氏に最も愛される
夫婦
左大臣
大宮
夫婦
親子
葵の上
源氏の最初の正妻。息子・夕霧の母。六条御息所の生霊に取り殺される
頭中将（内大臣、太政大臣）
源氏の友人であり、よきライバル
夫婦
親子
明石の御方（明石の夫人）
源氏の妻の一人。明石の姫君の母
夫婦
夕霧
源氏の長男。母は葵の上。頭中将の娘・雲居雁に思いを寄せる
親子
雲居雁
頭中将の娘。夕霧の妻となる
夫婦
親子
まれて、夕霧の養母となる
明石の姫君（明石の女御）
源氏と明石の御方の娘。紫の上の養女となる。のち今上帝に入内
柏木
頭中将の長男。女三宮に思いを寄せる。二人の関係が源氏に露見し、それを気に病み死ぬ
玉鬘
頭中将とその恋人・夕顔の娘。長らく消息不明だったが、源氏が見いだし娘分とする。源氏は密かに思いを寄せる

「源氏物語」本書に関わる主な登場人物

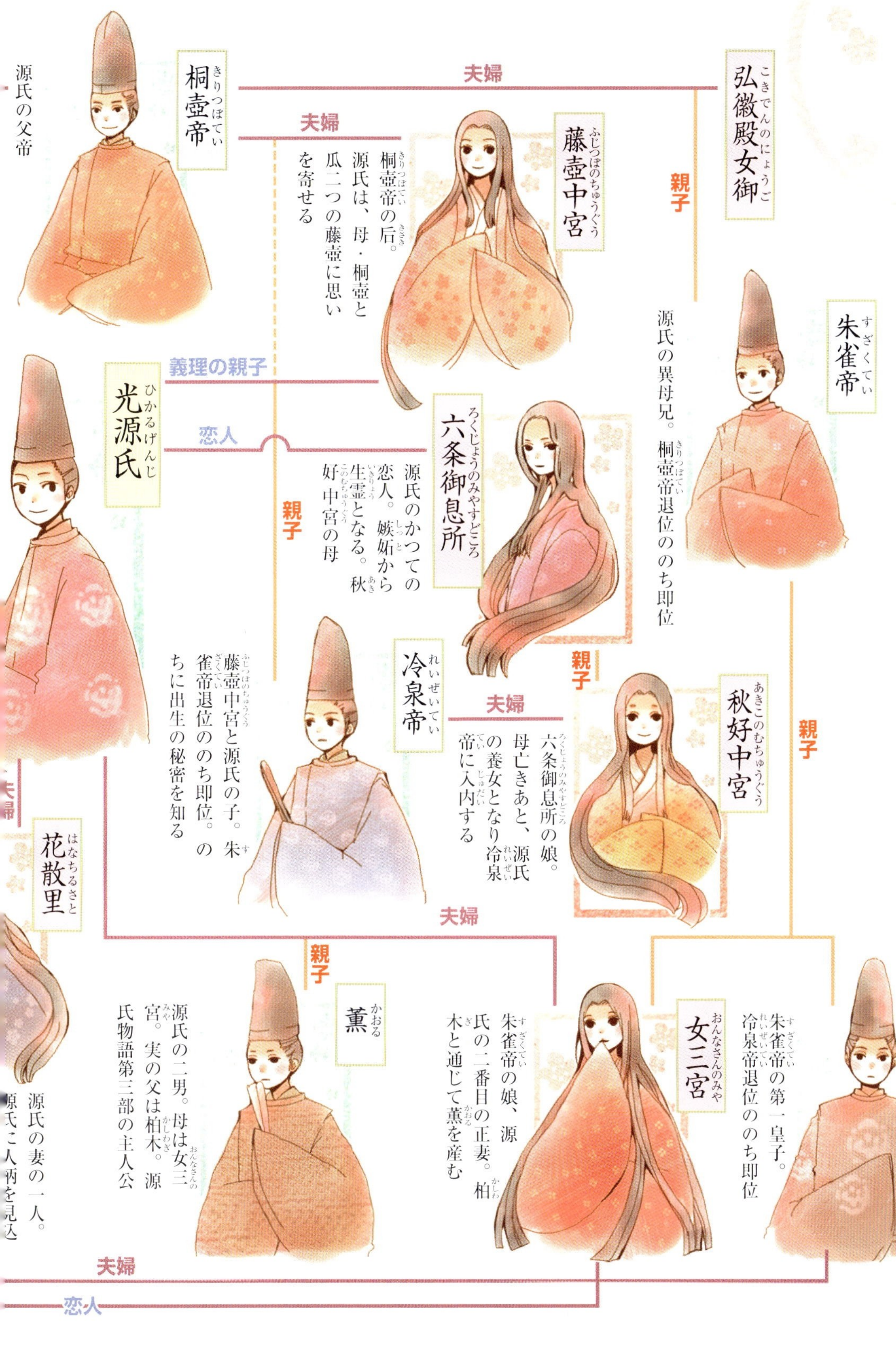

はじめに

みなさま、こんにちは。紫式部でございます。私の作品「源氏物語」をご愛読くださり、ありがとうございます。

私は長保三年、みなさまがお使いの西暦では一〇〇一年、結婚してわずか三年目で、愛する夫・宣孝を亡くしました。ちょうど、中宮彰子さまのおそばにお仕えしておりましたので、見聞きする男女の色恋に興味を覚え、この物語の執筆を思いついたのです。

天理大学雅楽部さんでは、二〇〇一年より、私の物語を取り上げて、定期公演を行ってくださっています。私はそのつど、案内役を仰せつかっております。そのご縁で、こうして千年の時を越え、みなさまへのお目文字がかなった次第です。

雅楽部とのお付き合いのおかげで、私の時代にはすでに姿を消していた「伎楽」や、あるいは、私の時代以降にできた音楽や舞など、数々の芸能に出合うことができました。この本では、それらも含め、三つの章に分けてご紹介いたします。

第一章では、私が物語のなかに描きました雅楽をご紹介します。私の時代、今日でいう平安中期には、雅楽はそれはそれはとても盛んでした。特に宮中に生活する者にとって、雅楽のいずれかの楽器を奏することは、歌を作ることと同様、たしなみの一つでした。私は、物語のそこかしこに、雅楽の曲を散りばめ、場面を際立たせることにしたのです。あるときは、静かな管絃が光源氏と紫の上の愛の深まりを、あるときは、催馬楽が嫉妬に燃える女心を、あるときは、艶やかな舞楽が賀宴（祝い事）の華やかさを描写いたしております。

物語全篇を通じて、管絃七曲（延べ九曲）、舞楽十四曲（うち高麗楽二曲、延べ二十二曲）、催馬楽二十三曲（延べ五十九曲）を用いました。また、催馬楽の曲のうち「東屋」「梅枝」「竹河」「総角」は、巻の名にも使用しました。ほかにも、朗詠、風俗歌など、私の周りで普通に歌われていた歌も使いました。どれもこれも、物語にとっては大切なものばかりですが、すべてを述べるわけにもまいりません。やむなく、数曲をセレクトいたしました。

第二章では、雅楽の基礎的な知識を、さまざまなエピソードを交えて紹介いたします。雅楽の世界は、それは大きく、広く、深く、求めれば求めるほど、その先があることに気づかされます。ここでは、私の知り得たわずかな知識をご披露することにいたしました。

第三章では、天理大学雅楽部の活動について、お話しいたします。六十年という長い年月、雅楽部が取り組んできたことは、ひと口で言えば「雅楽を学び、雅楽によって多くの人に喜んでいただく」ことだそうです。その活動は多岐に渡り、面白いエピソードも満載で、まさに雅楽の〝千夜一夜物語〟ができそうです。ここでは、スペースに限りがありますので、極めて表面的なご紹介となります。

それでは雅楽の世界へ、わたくし、紫式部がご案内いたしましょう。

もくじ

第二章 雅楽物語

第三章 雅楽部物語 105

イラストレーション……細川佳代　装丁・レイアウト……森本誠

第一章

源氏物語と雅楽

雅楽には「管絃」「舞楽」「謡物」という三つの形式があります。光源氏の歩みをたどりながら、まずは、これらが私の物語にどのように登場するのかをご紹介いたしましょう。続いて、雅楽が登場する名場面をご案内いたします。

【管絃】

——詩歌管絃は貴族のたしなみ

物語の主人公「光源氏」は、時の帝、桐壺帝と桐壺更衣のお子としてお生まれになりました。帝には、正妻である弘徽殿女御との間に男のお子さまがいらっしゃいましたので、いわば第二皇子です。生まれながらにして、容姿、才能とも人並み優れ、照り映え、輝いておりましたので、だれ言うともなく「光の君」と呼んでおりました。

人相見として評判の高麗人は、ひと目見るなり「将来、帝となるべき相をお持ちの方」と判じました。桐壺帝は、目に入れても痛くないほどのかわいがりようでしたが、将来、第一皇子と位を争うことを懸念され、臣籍降下（皇族から臣下に身分を降ろすこと）して、源姓を与えられました。それゆえ、光源氏と申し上げたのです。

私の時代、管絃は貴族の教養でありました。どなたもいずれかの楽器の演奏がおできになり、折にふれ、思い思いに独奏や合奏を楽しんでおられ

管絃の演奏＝笙、篳篥、龍笛（以上、管楽器）、箏、琵琶（絃楽器）、羯鼓、太鼓、鉦鼓（打楽器）などの合奏によって音楽そのものを楽しみます

ました。殊に、しかるべき行事の際には「御遊」が催され、その時々にちなんだ、たくさんの曲が演奏されました。

　このしかるべき行事には、宮中の行事だけでなく、お産、お袴着け（幼児が初めて袴を着ける儀式）、御書始め（漢文の書物の読み方を初めて授けられる儀式。七歳ごろ）、御元服（成人になったことを示し祝う。十一歳から十六歳）など、人生の節目にまつわる儀式も入っております。

　私がお仕えした中宮彰子さまが、お子をもうけられたときには、彰子さまの父である藤原道長さまが、御遊をすべきかどうか、わざわざ識者にお尋ねになりました。このときは結局、行われませんでした。それゆえ、源氏の君ご誕生の場面では、主人の例にならい、御遊の場面を描かなかったのです。

　源氏が三歳の時のお袴着け、七歳の時の御書始めは、それはそれは盛大に執り行われました。お子の成長を寿ぐ「小郎子」など、さまざまな曲が演奏されたようでございます。

【舞楽】――儀式に彩り添える華麗な舞

光源氏は、十二歳で元服いたしました。儀式と祝宴は、特別に勅命があって、殊のほか盛大に善美を尽くしてつとめられました。儀式は、御所の清涼殿の東廂の間において執り行われ、帝の御前に源氏と加冠役の席が設けられました。

角髪に結っていた源氏の御髪を、理髪役の大蔵卿が削ぎ、加冠役の大臣が冠を頭に頂かせます。源氏はその場を一度下がり、装束をお召し替えになって宴に加わります。帝より盃を賜ってのち、長橋（清涼殿から紫宸殿に通じる廊下）から庭に降りて舞を披露いたしました。

角髪

古来、元服の折にはおめでたい曲として舞楽「萬歳楽」が舞われました。曲の由来は、いろいろに伝えられております。「随の第二代皇帝・煬帝（五六九～六一八）が白明達という人に作らせた」、あるいは「唐の賢王の治世に、鳳凰が飛来して『賢王、萬歳』と囀ったのを、その声を楽に、飛ぶ姿を舞にした」、または「唐の宮中で飼われていた鳥が人語を解し、よく萬歳を唱えたので、これをかたどって武太后（六二四～七〇五）が作らせた」ともいわれます。それゆえ「鳥歌萬歳楽」とも呼ばれます。

この曲は本来、女性六人で舞う「女舞」でした。また、「若菜下」の帖にも記しましたように、年端のいかない子供たちの「童舞」としても舞われておりました。しかし、のちに衛府の役人による「楽所」（音楽を司る役所）ができると、男性だけの舞となってしまいました。なんとも不細工なことです。

演奏に合わせて舞を舞うものを「舞楽」といいます。源氏物語には、さまざまな舞楽が登場します。舞楽は「左方の舞楽」と「右方の舞楽」の二つに分けられています。写真は舞楽「萬歳楽」（左方・平調→**DVD収録**）

【謡物(うたいもの)】

――物語の背景を描き出す平安の流行歌〝催馬楽(さいばら)〟

光源氏は三歳の時、母を亡くしました。帝(みかど)は、母によく似ている、先帝の四宮(しのみや)「藤壺(ふじつぼ)」を入内(じゅだい)（正式に后妃(こうひ)〈きさき〉とすること）させます。源氏は、元服後間もなく、左大臣の娘「葵の上(あおいのうえ)」と結婚しますが、藤壺に好意を寄せ、ついには思いを遂げます。その後、藤壺はお子をもうけるのですが、源氏の子であることは、帝はもちろん、二人以外は私しか知りません。

源氏十八歳の春、瘧病(わらわや)みという、発熱を発作のように繰り返す病にかかりました。いろいろ手を尽くしても良くならず、何度も発作が起きるので、霊験(れいげん)あらたかと評判の高い、京の北山に住む行者(ぎょうじゃ)のもとで養生することになりました。

快癒(かいゆ)した源氏を、友人の頭中将(とうのちゅうじょう)、弁(べん)の君(きみ)らが迎えにまいります。帰り道、桜花(おうか)散り敷く滝のほとりでひと休みとなりました。頭中将は懐(ふところ)から笛を取り出し、良い声が自慢の弁の君は、「豊浦(とよら)の

――」と扇を打ち鳴らして歌い始めます。これに、お供の者が笙、篳篥で合わせます。療養中、源氏のお世話をしていた「北山の僧都」が琴を持ってきて、源氏に勧めます。催馬楽「葛城」の合奏が始まりました。

葛城　　（カタカナは囃子詞）

葛城の　寺の前なるや　豊浦の寺の　西なるや
榎の葉井に　白たま沈くや　真白たま沈くや
オシトト　トオシトト
しかしてば　国ぞ栄えむや　我家らぞ　富けむや
オオシトト　トオシトントン
オオシトントン　トオシトントン

（訳）
葛城の寺の前にあるという、豊浦の寺の西にあるという、
榎の葉井に白玉が沈んでいるよ。真っ白な玉が沈んでいるよ。
それならば、国が栄えますよ、我が家も富むことになるでしょう。

催馬楽は私の時代、とても盛んで、この物語のそこかしこに散りばめました。歌詞が物語の背景を鮮やかに描き出してくれるからです。この葛城の歌詞も、栄華を極める源氏の将来を暗示しています。

※著者注……催馬楽の歌詞は、主に綾小路本『催馬楽略譜』（天理図書館蔵）を用い、訳は臼田甚五郎校注・訳『日本古典文学全集25』（小学館）、小西甚一校注『古代歌謡集』（岩波書店）を参照しました。

舞楽【青海波】
この世のものとは思えぬ二人舞
——「紅葉賀」の帖

桐壺帝の朱雀院への行幸は、神無月の十日過ぎと決まりました。行幸には、春宮（東宮・皇太子）をはじめ、宮中のほとんどの者がお供をいたします。殊に今回は、格別な趣向が凝らされることになっておりました。池に船を浮かべてその上で楽を演じる「船楽」のほか、左方、右方それぞれの舞楽が、特に選りすぐりの者によって贅を尽くして演じられるのです。

行幸には、後宮（皇后らが住まう場所）の女性たちは参加できません。藤壺もその一人です。大切な演奏が行われる前には、「試楽」といって、いわばリハーサルが行われておりましたが、今回は特別に、帝の御前で演じることになりました。

源氏は、舞楽「青海波」を、頭中将を相手に舞いました。この曲には、「海の底、竜宮から聞こえてくる楽に合わせ舞をつけた」との言い伝え

があります。冠に紅葉の小枝を挿して二人が舞う様は、この世のものとは思えぬほど素晴らしいものでした。さらに舞いながら源氏が歌う「詠」

舞楽「青海波」（左方・盤渉調→DVD収録）
その装束は、数ある雅楽の衣裳のなかで最も豪華といわれています

（漢詩に節を付けて唱えるもの）は、「これこそ、極楽に棲むという迦陵頻伽（インドの伝説上の霊鳥）の声」と人々を感動させ、帝をはじめ、その場に居合わせる者すべてが涙を流しました。源氏の子を宿している藤壺の心中はいかばかりか、察するに余りあるというものです。

詠が終わり、源氏が袖を翻す所作をいたしますと、入手（退場）の楽が一段と華やかに奏されます。差し込む入り日に、菊の花に挿し替えられた冠を頂いたお顔が一段と映え、常より一層、光り輝いて見えました。のちに源氏は「袖を振っていたのが分かりましたか」と、藤壺に歌を送っています。

舞楽【春鶯囀】

常の恨みも忘れさせる源氏の舞振り

——「花宴」の帖

季節の移ろいは、農作業の時期を知らせるなど、生活にリズムを与えてくれます。春夏秋冬、四季がはっきり分かる日本では、巡り来る季節を愛で、宴が催されました。

なかでも、春爛漫、桜花の下での花見の様子は、今も昔も変わりません。源氏十八歳の二月も二十日過ぎ、紫宸殿にて、お花見の宴がありました。

その日は晴天、青空に鳥の声も朗らかに聞こえます。親王をはじめ宴に集った者たちは、まず、韻字（漢詩の句末で韻を踏む文字）を戴いて詩をお作りになります。源氏は、「春という字を賜る」と、自分の得た韻字を披露いたしました。その声までもが、ほかの人と違って優れておりました。

詩歌の間に、いつものように管絃や舞楽が、技の優れた者を集めて披露されます。演じられる順序も決まり通りではなく、次々と奏され、舞われました。

入り日になるころ「春鶯囀」が舞われました。

この曲は、唐の高宗（六二八〜六八三）が、この日のように麗らかな春の日に鶯の囀りを耳にし、楽工・白明達に命じて、その声を模して楽を作曲させたといわれています。
春宮は、「紅葉賀」の折の源氏の舞を思い出して、挿頭をご下賜になり、舞に加わるよう所望なさいました。源氏はお断りできず、袖を返すところを一差し舞いました。やはり、源氏の舞振りは比べるもののないほど素晴らしく、婿である源氏と娘の葵の上のことで心を痛めている左大臣でさえ、常の恨めしさも忘れて、感涙にむせんだほどでした。

舞楽【柳花苑（りゅうかえん）】
頭中将、会心の舞を披露する──「花宴（はなのえん）」の帖

「花宴（はなのえん）」で源氏が「春鶯囀（しゅんのうでん）」を舞った後、春宮（とうぐう）は、「頭中将（とうのちゅうじょう）は、どこか。早く」と仰せられました。頭中将は「柳花苑（りゅうかえん）」を舞いました。このようなこともあろうかと、心づもりをしていたのでしょう。とても上手に舞いました。

この曲は、桓武（かんむ）天皇（七三七〜八〇六）の御代（みよ）に、遣唐使（けんとうし）の一員でありました久礼真茂（くれのさねもち）が日本に伝えたといわれています。もともと葬送の曲として作られましたが、これを演奏したとこ

舞楽「柳花苑」（左方・双調）
女性の舞として復元。しなやかで優雅な舞振りは、風になびく柳のようです

ろ、死人が生き返ったことから、以後、お祝いの時に奏されるようになりました。

私の時代より百年後に活躍した藤原通憲（信西入道）という方が舞楽図を遺しており、そこには、この曲は〝女性の舞〟として描かれています。これをもとに、天理大学雅楽部は、女舞として創作復元しました。

ところで、頭中将の舞振りは、いまに残る舞としては「春庭花」を想像していただければよろしいのではないかと思います。春宮は、頭中将の舞を賞で、御衣（お召し物）をご下賜なさいました。このような宴での御衣賜りは珍しいことと、人々は思ったものです。宴は、人の姿も見えなくなる夜半まで延々と催されました。

管絃【王昭君】

遠く都を離れた源氏の心境もの語る

——「須磨」の帖

源氏二十六歳の春から二十八歳の秋まで、遠く都を離れ、瀬戸内海に面した須磨の地での生活を余儀なくされます。あまりにも人並み優れた容貌と教養を兼ね備えた源氏に対する、帝臣たちのやっかみによるものです。華やかな物語のなかでは少し異質な、鄙の質素な生活です。それゆえ、源氏の心の内をもの語るにふさわしいシチュエーションなのです。

源氏が隠栖の覚悟で持参したものは、琴の琴一面と、漢籍を中心とした書籍のみです。

私は、このあたりの情景描写の際に、唐の文学者・白居易の『白氏文集』のなかの「草堂記」に記された退隠生活を参考にいたしました。また、ストーリーは、楚の国の政治家・屈原が皇帝の臣下の讒言によって追放され、汨羅の淵に身を投じた故事にならいました。そして、源氏の心境を「王昭君」の物語によって表しました。

王昭君とは、前漢の元帝の宮女の名前です。あるとき、北方の騎馬民族の国「匈奴」の君主・呼韓邪単于が、漢の女性を妻にしたいと元帝に依頼してまいりました。元帝は、宮女の似顔絵帳のなかから一番醜い女性を選ぶことにしました。それが王昭君でした。ほかの宮女たちは、少しでも美しく描いてもらおうと似顔絵師に賄賂を贈っていましたが、王昭君はそれを拒んだため、一番醜く描かれてしまったのでした。旅立つ王昭君を初めて見た元帝は、その美しさに目を奪われましたが後のまつりです。

王昭君は、楊貴妃と並んで美人の誉れ高く、殊に悲劇の人として、多くの詩に謳われています。雅楽の管絃の曲としても、わが国に伝わっています。

夕霧、内大臣の歌にドキリ！

——「乙女」の帖

管絃【秋風楽】　催馬楽【更衣】

須磨での蟄居を余儀なくされた源氏ですが、それなりに田舎生活を楽しんでおりました。しかし、都に災難が続き、政務に支障が生じますと、源氏の復帰を望む声が出てまいります。そこで、許されて都へ戻り、政務に携わります。すると、持って生まれた才能でしょう、ことごとく難問を解決し、平穏で豊かな生活を取り戻します。位も、とんとん拍子に上がり、太政大臣になりました。源氏三十三歳の時です。常に比較の対象とされる頭中将も内大臣となり、それまで源氏の任にあった関白の位も、内大臣に譲ります。

源氏と葵の上の間に生まれた息子・夕霧は、十二歳で元服すると、大学の試験に合格し、学問の道を志します。夕霧と、内大臣の娘・雲居雁とは、祖母の大宮を同じくする、またいとこ同士ですが、恋仲となります。

両大臣家での昇格を祝う大饗が終わって少し落ち着いたころ、内大臣は、母である大宮の住まう三条院を訪ねます。大宮に雲居雁を託して教育

してもらっていたからです。大宮は、雲居雁に琴などを弾かせているところでした。内大臣は和琴を引き寄せ、「風の力蓋し少なし――」と朗唱、あまりの風情の良さに「もっと弾きましょう」ということになり、「秋風楽」を唱歌し、演奏いたしました。この曲は、唐から伝わったという言い伝えと、嵯峨天皇（七八六〜八四二）の勅命により、常世乙魚が舞を、大戸清上が曲を作ったという説があります。私は、中国南北朝時代の詩文集『文選』の漢詩に由来する中国伝来説を採りました。

内大臣は、几帳の外にいる夕霧を招き入れ、「学問ばかりで籠もっているのは気の毒。笛だって、いいものですよ」と言いながら、夕霧に笛を渡します。夕霧の若々しく美しい笛の音色に、内大臣は軽く拍子を打って、「萩が花ずり――」と、催馬楽の「更衣」をお歌いになりました。「更衣」は、季節の変わり目の習慣として、いまも続いているそうですね。この場面では、単に夏の衣装を秋のものに替えるというだけでなく、〝男女間の衣服交換〟の意味をこめています。お気づきになりまして？

内大臣は、「太政大臣（光源氏）も音楽などがお好きで、政治にあまり関わらぬようになったのですよ。人生などというものは、せめて好きな楽しみでもして暮らしたいものです」と述懐しながら、夕霧に盃を勧めるのでした。

更衣

更衣せむや　しゃ公達や　我がきぬは
野原篠原　萩の花摺りや　しゃ公達や

（訳）
衣がえしましょうよ。さあ公達よ。私の衣は、
野原や篠原に生えている萩の花を摺りつけた衣ですよ。さあ公達よ。

冷泉帝の御代を称える管絃の遊び——「乙女」の帖

舞楽【狛桙(こまぼこ)】 催馬楽【安名尊(あなとうと)】【桜人(さくらびと)】

源氏三十四歳の春に行われた、朱雀院(すざくいん)への行幸(みゆき)の時のことです。御遊風(ぎょゆうふう)の管絃(かんげん)の遊びが催されることになり、この折も、楽所から選りすぐりの演奏家たちを乗せた船が池のなかを行き来して、遠くに近くに楽(がく)の音(ね)が流れました。

冷泉帝(れいぜいてい)は、もちろん源氏と桐壺帝の后、藤壺(ふじつぼ)の不義の子です。お供の人々は皆、青色の袍に桜襲(さくらがさね)をご着用でしたが、帝は赤色の衣装をお召しあそばされ、太政大臣(だじょうだいじん)となった源氏も同じ赤色を着ておいでなので、ますますそっくりで輝くばかりです。年を重ねるにつれ、立ち居振る舞いも、立派で優雅なところも生きうつしです。

「船楽(ふながく)」では、右方(うほう)の舞楽(ぶがく)「狛桙(こまぼこ)」がよく舞われます。この曲は、高麗(こうらい)からの貢ぎ物を運ぶ船が港に入る様子を舞にしたものといわれています。四人の舞人(まいにん)が、五色に彩られた棹(さお)を操り、船を速や

舞楽「狛桙」（右方・高麗壱越調）
この曲専用の装束が用いられます。棹を彩る模様は「繧繝」と呼ばれる中国古来の色彩法です

かに港へ入れる様子を見事に表しています。
船が岸を離れて楽の音が遠くなりますと、帝は御前に御琴をお召しになりました。兵部卿宮は琵琶、内大臣は和琴、箏の琴は朱雀院の御前に差し上げて、琴の琴は例によって源氏がつとめました。この方々の演奏は、何ともたとえようのないほど素晴らしいものでした。興に乗って、歌のために侍っている殿上人が、催馬楽「安名尊」や「桜人」を歌います。延々と続けられた御遊も、朧にかすむ月が上り、池の中島などあちこちに篝火が灯されたころ、終わりとなりました。

桜人

（カタカナは囃子詞）

桜人　その舟止め　島つ田を　十町つくれる　見て帰り来むや　ソヨヤ　明日帰り来む　ソヨヤ
言をこそ　明日とも言はめ　彼方に　妻去る夫は　明日も真来じや
ソヨヤ　さ明日も真来じや　ソヨヤ

（訳）

【夫】桜の人よ、その舟を止めてよ。島の田を十町も作っていて、その田を見回って帰って来たい。

【妻】言葉でこそ、明日帰ると言うのでしょう。遠方に妻から離れている夫は、明日も決して帰って来るものですか。明日も決して帰って来ません。

六条院・春の庭で華やかな船楽

——「胡蝶」の帖

管絃【皇麞】 舞楽【喜春楽】 催馬楽【安名尊】【青柳】

源氏は、住まいの二条院が手狭になったことと、あちこちに別居させている女性たちが気がかりなことから、秋好中宮が母の御息所から譲り受けていた六条の旧居を中心に、四町（約四百アール）の敷地いっぱいに宮殿をお建てになりました。源氏三十五歳の八月には完成し、それぞれの女性がお引っ越しになりました。

未申（南西）の町は秋好中宮が、辰巳（東南）の町は源氏の正妻である紫の上が、丑寅（北東）の町は花散里が、戌亥（西北）の町は明石の夫人が住むことになりました。それぞれの屋敷には、秋、春、夏、冬の季節にふさわしい木々が植えられ、築山にも趣向を凝らしています。町と町との間には、行き来できるように塀や廊などを設け、お互いに親しくなるよう考えられています。

移り住んで落ち着いた翌年の晩春、源氏の住まいする春の町は、花が咲き、鳥は囀り、一段と景色も風情も盛りを極めていたので、源氏は、池に唐風の装飾に仰々しく飾りたてた龍頭鷁首の船を浮かべ、雅楽寮（＝音楽を司る役所）の人々をお召しになって、船楽をなさいました。

親王方、上達部などが大勢参上なさって、それぞれに楽の腕を披露し、賑やかなことこの上ありません。特に優れた人たちだけが、双調（雅楽の六つある調子の一つ）の曲を吹き、琴の調べも華やかに掻き鳴らして、「安名尊」を合奏したときなどは、楽を知らない者でも「生きていた甲斐があった」と、顔に笑みを浮かべて聴きほれるほどでした。

延々と続けられた宴も、暮れかかるころには、〝鹿の王の舞〟といわれる「皇麞」が奏され、船は岸に着けられました。夜になっても興に乗った方々は、春の曲にふさわしい「喜春楽」を奏舞し、声が自慢の兵部卿宮が「青柳」を繰り返し美しくお歌いになりますと、源氏の君も一緒にお歌いなさいました。

安名尊

（カタカナは囃子詞）

あな尊　今日の尊さや　古も　ハレ
古も　かくや　有りけむや　今日の尊さ
あはれ　ソコヨシヤ　今日の尊さ

（訳）
ああ、尊い。今日の尊さ。
昔も、昔もこのようであったのか、今日の尊さ。
ああ、ソコヨシヤ、今日の尊さよ。

法会に花添える〝鳥〟と〝蝶〟

舞楽【迦陵頻（かりょうびん）】【胡蝶（こちょう）】

――「胡蝶（こちょう）」の帖

舞楽「胡蝶」（右方・高麗壱越調（こまいちこつちょう）→DVD収録）
左方の舞楽「迦陵頻」とともに子供たちによって舞われる「童舞（どうぶ）」として知られています

大宴会の翌日は、秋好中宮（あきこのむちゅうぐう）の御読経（みどきょう）の初日でした。参会した人々は、夜遅くまで六条院からお帰りにならず、春の屋敷にて休息を取り、お昼には、秋の町である中宮の屋敷に設けられた法会（ほうえ）の席に、みなずらりとお並びになりました。やはり、源氏の権勢によるものでございましょう。堂々とした立派な御法会となりました。

紫の上（むらさきのうえ）は、仏への供養のお志（こころざし）として「迦陵頻（かりょうびん）」と「胡蝶（こちょう）」の舞装束を着けた童女（わらわめ）八人に、花を供えさせなさいました。迦陵頻の装束を付けた童女は、桜の花を挿（さ）した銀の花瓶、胡蝶の装束を付けた童女は、山吹（やまぶき）の花を挿した金の花瓶とともに、春の町から船に乗ります。

楽人は、昨日の演奏に使用した幔幕を片づけずに、春の屋敷から秋好中宮の御殿へと続く渡り廊下を演奏の席としました。極楽に棲むという迦陵頻の装束を着けた童女は、その曲に乗って桜の花を奉り、胡蝶の装束を着けた童女は、胡蝶の曲に乗って山吹の花を奉りました。

花は、取り次ぎの者によって、供養棚へ供えられ、まさしく法会に花を添えました。

宮廷の競技彩る「勝負楽」——「蛍」の帖

舞楽【打毬楽】【落蹲】

端午の節句には、近衛府の役人たちが、馬場にて「騎射（騎上から弓を射る競技）」や「打毬」に打ち興ずるのが常のことでした。六条院に設けられた馬場は、北の町から南の町まで通しになっていて、競技の勝敗がどのようにして決まるのかを知らない女性たちも、節句用に着飾って見学いたします。参加する役人たちは派手に着飾り、若い殿上人は、これという女性に目をつけて流し目を送るなど、賑やかなものです。

源氏は、子息・夕霧が、左近衛府の役人と一緒に参加しているからでしょう、「左近衛府には、結構イケメンがいるよ」と、かねてよりおっしゃっていましたから、女性たちはこの日を楽しみにしていました。

競技では、左右の近衛府の役人たちが戦い、左方が勝てば左方の楽が、右方が勝てば右方の楽が

「勝負楽」として奏でられます。このときは、左方は「打毬楽」が、右方は「落蹲」が演奏されました。打毬は、ステッキで玉を打つ遊びで、ホッケーのような徒打毬と、ポロのように馬に乗って行う騎馬打毬とがありました。この様子を舞に写したのが舞楽「打毬楽」です。

「落蹲」は「納曽利」の名でも知られる右方の舞楽です。所によって、二人で舞うのを「落蹲」、一人で舞うのを「納曽利」と呼ぶ場合と、反対に一人舞を「落蹲」、二人舞を「納曽利」と呼ぶ場合とがあります。私の作品では、一人舞を「落蹲」としています。友人の清少納言も『枕草子』で同様に述べています。

舞楽「納曽利」（右方・高麗壱越調→**DVD収録**）。双龍の舞ともいわれ、龍が遊び戯れる様子を表します

舞楽「打毬楽」（左方・太食調→**DVD収録**）
ステッキと球には、中国の伝統的な色使いによる繧繝模様が施されています

源氏、玉鬘に和琴の手ほどきをする

——「常夏」の帖

催馬楽【貫河】　管絃【相府蓮（想夫恋）】

夏が暑いのは、今も昔も同じです。こんなときは、さすがに管絃の遊びも面白くないもの。夕方になって、源氏は思いを寄せる玉鬘を訪ねます。

源氏は和琴を引き寄せ、掻き鳴らします。調絃もしっかりなされて音色も良いので、「秋の夜に、虫の声に合わせて弾くのに、もってこいの楽器です。本当に弾きこなすには熟練を要しますが、難しい手（奏法）といって特別にあるわけでなく、女性が学ぶにもふさわしい楽器です」と玉鬘に勧めます。玉鬘の父である内大臣が、この楽器の当代きっての名手であることを付け加えるのを忘れません。玉鬘も、かねて父の演奏を聴きたいと願っており、いままたその思いが深くなるのでした。

「和琴を習う方が大勢いらっしゃるとのことゆえ、気楽に弾けるものかと存じておりました。お上手な方の演奏は、まるで違っているのでしょうか」

との玉鬘の問いに、「そうです。東琴といって名前は低そうに聞こえますが、帝の御前での御遊

にも、まず第一に、この楽器をお召しになるのは、わが国では和琴を楽器の第一としたからでしょう。いずれ、お父上の演奏にふれることができましょう」と答え、源氏は和琴の演奏を続けるのでした。

親に会いたい気持ちがいやが上にも昂ぶり、「いつになったら聴けるのでしょう」などと玉鬘が考えていると、「貫河の瀬々の柔ら手枕――」と、源氏は催馬楽の「貫河」を歌い始めました。歌詞の「親離くる夫」というところは、少しお笑いになりながら弾き歌うのですが、何とも言いようのないほど美しく聞こえたものです。

源氏は、「さあ、弾いてごらん」と玉鬘に勧めます。「芸事は人前に出ることを恥ずかしがってはいけません。夫を思う妻の曲である『想夫恋』は、心に期するところがあって弾かない人があるようですが、遠慮なく、だれ彼なく演奏したほうがいいのですよ」とも諭します。玉鬘は、「どのような風が吹き加わって、このような素晴らしい響きが出るのかしら」と、源氏のそばに近くにじり寄り、演奏を続けることを願うのでした。

貫河

貫河の　瀬々のやはら手枕　やはらかに　寝る夜はなくて　親離くる夫
親離くる　妻は　ましてうるはし　しかさらば　矢矧の市に　沓買ひにかむ
沓買はば　線鞋の細底を買へ　さし履きて　上裳とり着て　宮路通はむ

（訳）

【女】貫河の浅瀬の、やわらかな手枕、やわらかな手枕で寝る夜がない。親があなたを避けるので。
【男】親が避けるのでおまえは尚更愛しい。それ故、矢矧の市に沓を買いに行きましょう。
【女】沓を買うのなら、線鞋の細底のを買ってよ。颯爽とその沓を履き、上裳を着けて、宮路へ通いましょう。

催馬楽【梅枝】

夕霧と雲居雁にいまだ春は来らず

――「梅枝」の帖

私の時代、香料が豊富に使われ、香木の香りを競う「薫物合わせ」が、遊びとして盛んに行われました。いまもその流れをくむ組香の一つに、「源氏香」の名が付けられているとか。

源氏三十九歳の春、明石の夫人との間に生まれた明石の姫君は十一歳となり、女性の成人式である「裳着の儀式」も近づいていました。朱雀院の春宮（皇太子）も同じく十三歳となり、元服です。お共に成人式を挙げ、結婚の準備に入りました。お祝いの意味も込めて薫香の饗宴が設けられ、御遊となります。

御遊のための試楽が、三々五々集まった奉仕の楽人に殿上人も加わって、月明かりのもと、御酒をお召し上がりになりながら行われています。梅の花の香りが御殿に漂い、何とも言いようのない穏やかな雰囲気です。

内大臣の息子の頭中将(とうのちゅうじょう)、弁少将(べんのしょうしょう)などが挨拶(あいさつ)だけで退出しようとするのを、源氏はお止(とど)めになって御琴(みこと)をお取り寄せになりました。そして、兵部卿宮(ひょうぶきょうのみや)の御前(おんまえ)に琵琶を、源氏は箏(そう)の御琴(みこと)を、頭中将は和琴を賜りました。宰相中将(さいしょうのちゅうじょう)である夕霧は、横笛をお取りになって、思いを寄せる雲居雁(くもいのかり)に届けとばかりに吹くのでした。

弁少将は拍子を取り、催馬楽「梅枝(うめがえ)」を歌い始めました。「鶯(うぐいす)の鳴く春といっても肌寒く、本当の春にはまだほど遠い」と、夕霧の雲居雁に対する愛の成就にはいまだ早いことを、ちょっとからかっているようです。源氏も内大臣も興に乗って一緒にお歌いになり、趣(おもむき)のある夜の管絃(かんげん)の催しとなりました。

梅枝(うめがえ)

（カタカナは囃子詞(はやしことば)）

梅(むめ)が枝(え)に　来(き)ゐる鶯(うぐいす)や　春かけて　ハレ
春かけて　鳴けどもいまだや　雪は降りつつ
アハレ　そこよしや　雪は降りつつ

（訳）
梅の木の枝に来ている鶯よ、（冬から）春にかけて、
春にかけて鳴いているけれど、いまだに雪が降っている。
それはそれでよいでしょうか、雪が降っていようと。

催馬楽【葦垣】【河口】

夕霧と内大臣、ついに和解！

――「藤裏葉」の帖

源氏三十九歳、順風満帆。何もかも、すべてうまくいっていると言っていいでしょう。

内大臣の娘・雲居雁と相思相愛の源氏の子息・夕霧は、十八歳と男盛りです。内大臣との間が、なんとなく気まずいのが気になります。内大臣もそう思っていたのでしょう、藤花の宴に誘います。

宴もたけなわ、内大臣は「藤の裏葉の――」と歌い、息子の頭中将に命じ、房の大きな藤の花を、長めの枝ごと折って、夕霧の膳に置かせました。二人の結婚を認めたという証しです。

いつものように、声自慢の弁少将が、催馬楽「葦垣」を優しく歌い始めました。「垣を乗り越えて、娘を盗んでいくのは誰だ」と揶揄したもので、内大臣も「とどろける　この家の――」との歌詞を「年を経たこの家の」と替えて歌うのでした。趣のあるジョークも行き交う管絃のお遊びで、二人のわだかまりはなくなったようです。

少し深酔いした夕霧は、雲居雁のもとへ案内されます。夕霧は酔った勢いで、「弁少将の歌、聴きましたか」「私は『河口』（左の歌詞参照）を歌ってやり返したかったね（親の目を盗んで逢ってくれたあなたですよ）」と言うと、「もともとは、あなたのお父様のせいですよ」と言い返す雲居雁

でした。夕霧が陽も高く上がるまで、ゆっくりと
おやすみになったのは、言うまでもありません。

河口　（カタカナは囃子詞）

河口の　関の荒垣や
関の荒垣や
守れども　ハレ
守れども
出でて我寝ぬや
出でて我寝ぬや
関の荒垣

（訳）
河口の関の荒垣よ、
関の荒垣よ、
（いくら）守っていても、
（どんなに）守っていても、
関を通り抜けて、
私は（思う人と）寝ましたよ、
（うまく）通り抜けて、
私は寝ましたよ、関の荒垣さん。

その後、お二人は共にお育ちになられた三条院
を住居となさいました。

葦垣　（カタカナは囃子詞）

葦垣真垣　真垣かきわけ　てふ越すと　おひ越すと　ハレ
てふ越すと　誰か　誰か　この事を　親に申よこし申しし
とどろける　この家　この家の
弟嫁　親に申よこしけらしも
天地の　神も神も　証したべ　我は申よこし申さず
菅の根の　すがな　すがなきことを
我は聞く　我は聞くかな

（訳）
【男】葦を材料とし、小竹で組まれた垣、その真垣をかき分けて、
ひょいと越すと、それ。誰が、このことを親に告げ口したのか。
うるさいことで知られているこの家の、
弟嫁が親に告げ口したらしいよ。
【女】天地の神よ、私ではないことを証明してください。
私は告げ口などしていないのだから。
菅の根がいたずらに長く空洞であるように、つまらないことを、
私は聞いて余計につまらない。

舞楽【賀皇恩】

源氏、准太上天皇となる

——「藤裏葉」の帖

源氏は三十九歳の秋、太上天皇に準じる位にお就きになりました。

太上天皇は、天皇の位を譲った方がなり、略して上皇と言い習わしております。直接政務には就かないものの、何かと口を出す、いわゆる院政を敷いた方が多くありました。その位に準ずるというのですから、待遇のほどがお分かりになるかと思います。過去にもめったにないことで、源氏に奉仕する役人も、格段に優れた者が選ばれ、給与をはじめ、何から何まで加増されました。同じく、友人の内大臣は太政大臣に、息子の夕霧は宰相中将から中納言へとご昇進なさいました。

神無月の二十日過ぎごろ、六条院に行幸がありました。冷泉帝、朱雀院、そろってのお越しですので、六条院の主人である源氏の力の入れようは相当なものです。

日が暮れかかるころ、宴もたけなわとなって、楽所の楽人をお召しになりました。優雅な演奏に合わせて、かわいい殿上の童が、青と赤の白橡に、蘇芳と葡萄染めの下襲、額に天冠を付け、短い曲を少しずつ舞っては、紅葉の葉陰に下がっていきます。庭の紅葉が夕日に映えて、朱雀院の

舞楽「賀皇恩」（左方・太食調→DVD収録）

紅葉の御賀が自然と思い出されました。「賀皇恩」が奏されると、太政大臣のご末子の十歳ほどになるお子が、実に上手に舞いました。冷泉帝は、御召物を脱いでご下賜なさいました。帝のご容貌は、ますますお美しくなるばかり、源氏と瓜二つ、侍している中納言の顔までもが同じに見え、これで瓜三つ、血は争えないものです。

夕霧は笛の役をつとめました。歌の役をつとめる殿上人のなかでは、やはり弁少将の声が最も優れていました。

ちなみに「賀皇恩」は、「藤裏葉」の帖では、一人舞として描いておりますが、本来は四人、あるいは六人で舞われておりました。大石峯良という楽人が作ったとも、唐の太宗皇帝の作であるともいわれ、皇恩を「賀する」というところから、特に太上天皇の御賀における参音声（入場の曲）として演奏されていました。この舞は、長く廃絶となっておりましたが、平成二十二年度の雅楽部の定期公演で試作復元し、演じられました。好評であったことは、言うまでもありません。

源氏「四十賀」を祝う管絃の遊び

――「若菜上」の帖

催馬楽【青柳】

准太上天皇となった源氏の四十賀（四十歳になったお祝い）が催されました。ご病気の朱雀院がまだ良くならないことから、役所の楽人などはお召しになりませんでした。しかし、善美を尽くすべき御賀であると、太政大臣は優れた演奏家をお整えになりました。源氏も以前から優れた楽器を準備しておいでになり、内輪での管絃のお遊びとなりました。

和琴は、名人として知られた太政大臣ご秘蔵の御琴で、日ごろから弾き馴らしておられる音色を殊のほか響かせるので、ほかの人はとても演奏する気になりません。衛門督（御所の門の警護等を担う部署の長）となった子息の柏木に演奏するよう勧めると、初めは固辞していましたが、さらに催促なさると、実に見事に、父親に少しも負けないほどに和琴を弾き鳴らしました。

太政大臣の演奏法は、和琴の緒（絃の張り具合を調節する紐）を緩く張って低い調子に合わせ、余韻を大きく響かせるものなのですが、柏木は、明るく高い調子に合わせて朗らかに演奏したので、親王たちは「名人の後嗣といっても、これほどまでに継ぐことはできないものだ」と感心いたしました。

中国伝来の曲には決まった型があり、演奏法が明確なのですが、日本古来の和琴の菅掻（奏法の一つ）は、どちらかというと気分の趣くまま演奏するので、合奏となると合わせるのが難しいものです。しかし、きょうのように上手の者が集まると、すべての楽器の音色が一つになって不思議なまでに響き合い、見事な演奏となりました。

琴は兵部卿宮がお弾きになりました。お使いの琴は宮中の宜陽殿に収められている御物で、この世で一番と評判の楽器です。桐壺帝の晩年に、長女の一品宮へ御下賜なさったものを、太政大臣が願い出て用意なさいました。この音色に源氏は、父の桐壺帝、姉の一品宮をしみじみと恋しく思い起こすのでした。兵部卿宮がその心中をお察しして琴をお譲りすると、源氏は珍しい曲を一曲だけお弾きなさいました。

大仰ではないけれども、この上ない夜のお遊びとなりました。夜が更けるにつれ楽器の調子も良くなり、唱歌の人々を召して、催馬楽「青柳」を歌い奏でますと、ねぐらに帰った鶯が目を覚ますに違いないほどの素晴らしい演奏となりました。

青柳

（カタカナは囃子詞）

青柳を　片糸に撚りて　ヤ　オケヤ　鶯の　オケヤ　鶯の　縫うという笠は　オケヤ　梅の花笠や

（訳）

青柳を、細い糸で撚っている。それは鶯がね。鶯の縫っているその笠は、きっと梅の花笠でしょうよ。

舞楽【落蹲】　催馬楽【席田】

夕霧と柏木、落蹲の入綾を舞う

――「若菜上」の帖

神無月。紫の上は、源氏の四十賀のために、嵯峨野の御堂にて薬師仏をご供養なさいました。調度の整っていること、真の極楽のように思われ、最勝王経をはじめ唱えられる御経も多く、上達部など大勢が参上し、盛大なお祈りとなりました。

二十三日は御精進落としの日として、紫の上が私邸とお思いの二条院をその場とされ、常は女房たちに使わせている東西の対屋を片づけて、殿上人、諸大夫、院司、下人のための饗応の席を設けました。南の廂の間は、上達部、左右の大臣、式部卿宮をはじめ親王方のお席で、参上なさらない人はありませんでした。舞台の左右には、楽人用の天幕が張られ、東西に料理を詰めた箱が八十、禄を入れた唐櫃が四十並べられました。

　未の刻、午後二時ごろに楽所の楽人が参集して、「萬歳楽」や「皇麞」など、こうした席で必ず舞われる曲を披露します。日が暮れるころ、高麗楽の乱声に続いて「落蹲」が舞われました。この曲の終わりに、夕霧と柏木が庭に下りて「入綾」（舞いながら舞台を退場する演出）を舞いました。紅葉の陰に入っていく二人の様子に、人々はかつて朱雀院の行幸の折、源氏と頭中将による「青海波」が見事であったことを思い出し、「やはり前世の因縁で、昔からこのように代々並び合うご両家の間柄なのだ」と感慨深く思うのでした。

　夜に入って、楽人たちは、退出いたしました。禄として唐櫃に用意された白い衣類を肩に懸け、築山から池の堤を通って帰っていく姿は、まるで千歳の寿命をもって遊ぶ鶴に見間違えるほどで、催馬楽の「席田」が口をついて出ます。

　その後、心得のある者で管絃の御遊びが始まります。これもまた素晴らしい。御琴類は、春宮（皇太子）からご準備あそばされたものです。朱雀院からお譲りのあった琵琶、琴。冷泉帝から頂戴なさった箏の御琴など、すべて昔を思い出させる音色です。興に乗って次々と演奏される曲に、昔のご様子が自然と思い出されたものです。

席田

席田の　席田の　伊津貫川にや　棲む
鶴の　棲む鶴の　棲む鶴の　千歳を
予てぞ　遊びあへる　遊びあへる　千歳をかねてぞ
遊びあへる

（訳）
席田（美濃国の郡名）の、その席田を流れる伊津貫川に棲んでいる鶴がね。千年の寿命を予言するように遊んでいますよ。千年の齢を約束するように遊んでいますよ。

太政大臣を囲み、管絃の遊びに興じる

舞楽【萬歳楽】【賀皇恩】ほか管絃、高麗楽多数

——「若菜上」の帖

源氏の四十賀は、朱雀院のご病気もあって、派手にしないというのが、みなさまの共通の理解でしたが、実際のところ、奥様方など女性たちが競ってお祝いをいたしました。

お祝いの締めは、十二月の二十日過ぎのころに秋好中宮が主催いたしました。まず、奈良の七大寺に布を四千反、京の四十寺に絹を四百疋、お納めなさいました。源氏の齢四十にちなんだ数が選ばれたのは、これまでと同じです。そして、六条院の中宮の町の寝殿に、大饗に準じて禄を

ご用意なさいました。

冷泉帝は、この御賀の運営を夕霧に依頼なさいました。そのころ、それまでの右大将が病気のために職をお退きになったので、帝は次の右大将に夕霧を任命なさいました。

夕霧は宴席の準備を、丑寅（北東）の町、つまり花散里の住居で整えなさいました。置き物の御厨子、絃楽器、管楽器など、蔵人所から頂戴なさったものです。夕霧の右大将としてのご威勢も加わって、儀式はまことに格別でした。御馬四十頭、左右の馬寮、六衛府（左・右近衛府、左・右兵衛府、左・右衛門府の六つの役所）の官人が、上の者から順々に馬を引き並べるうちに、日がすっかり暮れました。

例によって、「萬歳楽」「賀皇恩」などの舞が、決まり通りに〝形ばかり〟舞われると、その後は太政大臣がおいでなので、参会者一同、珍しく湧き立った管絃の御遊びに熱中しておいでです。琵琶は例によって兵部卿宮、源氏は琴の御琴、太政大臣は和琴です。源氏は、ご自身の琴の秘術を少しもお隠しにならず、素晴らしい音色を奏でられました。昔の話なども出て、お盃を幾度もお傾けになり、酔うほどに話も演奏も一層盛り上がるのでした。

源氏は太政大臣への贈り物として、見事な和琴を一つ、柏木がお好きな高麗笛、さらに、紫檀の箱一具に唐の手本とわが国の草仮名の手本などを入れて差し上げなさいました。

右馬寮の官人たちは、馬を六条院方の人が受け取ったときに、高麗楽を演奏いたしました。夕霧が、六衛府の官人に禄をお与えになり、宴はお開きとなりました。

源氏一行、住吉大社で「東遊」を奉納
――「若菜下」の帖

【東遊】

冷泉帝は、二十八歳の若さで譲位をほのめかすだけでなく、退位してしまいます。

一方、源氏は四十六歳となり、上り詰めた位も位ならば、栄耀栄華このうえないありさまです。正妻の紫の上は三十六歳となり、しきりに出家して仏門に専心したいと源氏に迫っておりました。源氏は一計を案じ、住吉大社への参詣を提案いたします。かつて須磨での生活の際に、住吉の神へ懸けた願を果たすべき時でもありました。

十月二十日、社参が実行されました。上達部をはじめ、多くの者がお供いたしました。なかでも、奉納される「東遊」に奉仕する楽人と舞人は、六衛府から、石清水八幡宮や賀茂神社の臨時祭などに召される、殊に優れた者ばかりをおそろえになりました。

また、「御神楽」の奉仕にも数多くの人々がお供いたしました。帝、春宮（皇太子）はもとより、院の殿上人らはその数も知れず、上達部の御馬、鞍、馬添、随身、小舎人童、それ以下の舎人などまで、飾りそろえた見事さは、またとないほどでした。

東遊の旋律は、仰々しい高麗や唐土の楽よりも耳馴れていて、親しみやすく美しく、住吉大社の自然にマッチしています。松風と呼応する笛や篳篥の音、和琴に合わせた笏拍子。場所が場所だけに、一層素晴らしく聞こえるのでした。山藍で摺り出した竹の模様の衣装と松の緑、そして色とりどりの挿頭（冠に挿す草花）と秋の草は見分けがつかず、目先がちらつくばかりです。

「一歌」「二歌」「駿河歌」と続き、「求子」が終わると、若い上達部は袍（一番上に着る装束）を肩脱ぎして、舞の場にお加わりになりました。

光沢のない黒の袍の下から、蘇芳襲で葡萄染めの袖をにわかに引き出したところ、その下の紅の濃い衵の袂が、はらはらと降りかかる時雨に少しばかり濡れたのは、松原であることを忘れて紅葉が散ったのかと思われるほどでした。みな見栄えのする容姿で、たいそう白く枯れた荻を高々と挿頭にして、「大比礼歌」をただひと差し舞って下がったのは、実に面白く、いつまでも見ていたい気がするのでした。

友人の清少納言も「舞は駿河舞、求子は趣があり、大比礼など、一日見ていても飽きない」と記しています。東遊は、元をただせば、相模や駿河など東国のものでしたが、私の時代、すでに賀茂神社や石清水八幡宮の祭礼で演じられていました。いまでは、宮中での春秋の皇霊祭をはじめ、各地の祭礼でも演じられています。

神楽【其ノ駒(そのこま)】
終夜、「神楽」で遊ぶ——「若菜下(わかなのげ)」の帖

普段は六条院の外をめったに見物なさらず、ましてや、都の外へお出になった経験もなく、それゆえ無聊(ぶりょう)を託(かこ)っておられた紫の上にとって、住吉大社への参詣(さんけい)は、心癒やされるまたとない機会となりました。源氏のもくろみ、大当たりというところです。東遊(あずまあそび)に続いては、一晩中、神楽(かぐら)を奏して夜をお明かしなさいました。

私がお仕えした中宮彰子(ちゅうぐうしょうし)さまは、一条天皇(いちじょう)の皇后です。一条天皇は殊(こと)のほか、音楽に優れた才能と感覚をお持ちの方でした。在位中、神楽や東遊が散逸(さんいつ)するのを心配して、保存に尽くされました。東遊五曲を制定なされたのも、この方です。

神楽は、みなさまの時代では、御所の賢所でしめやかに執行される重要な宮中祭祀の一つとなっています。それゆえ秘儀中の秘儀として扱われていますが、私の時代、実のところは、本当に神遊び、楽しみとして演じられていました。

　ここで時代は大きく下がりますが、この秘儀であった神楽が、昭和三十一年（一九五六）、日本が国連に加盟した記念に、国連本部の総会議場で披露されたことが契機となり、以後は一般でも少しは演じられるようになったとお聞きしています。もっと盛んになるといいですね。

　話を住吉詣でに戻しましょう。歌い手は「本方」と「末方」の二つに分かれ、双方の笏拍子に合わせて、次々と神楽歌を歌います。歌に合わせて和琴、神楽笛、篳篥が伴奏をつとめます。二十日の月が遥かかなたの海面を白く照らし、霜が降ってより白く輝く松原も同じように見えて、寒気のなかの凛とした風情に、趣の深さも一入でした。

　紫の上は、「住の江の松に夜深く置く霜は神の掛けたる木綿鬘かも」と歌います。小野篁の「比良の山さへ――」と歌った歌の本歌取りです。

　小野篁さまは、舞楽「青海波」の詠をお作りになった方でもあり、何かしら縁を感じないわけではありません。このお方は、冥府へ通うことができると人々から恐れられておりました。なんでも私が色事ばかりを著した廉で地獄へ落ちたのを、閻魔さまに取りなして、おたすけくださったとか。京都の堀川通り北大路（北区紫野）には、なぜか篁さまのお墓と、私の墓が一緒にあるとのことです。みなさまにとっては面白いのでしょうが、まったくでたらめで迷惑な話です。

　またまた脱線してしまいました。

　夜がほのぼのと明けて、霜はいよいよ深くなり、本方と末方の役割分担もはっきりしないほど酔い過ぎた神楽のお役の面々は、それこそ演奏に夢中です。庭燎（篝火）も消えかかっているのに、依然「万歳、万歳」と、榊の葉を取り直して歌い祝っています。人長舞（人長＝神楽の舞人の長）として知られる「其駒」が歌い舞われると、神楽は最高潮に達するのでした。

女性たちだけの優雅な合奏「女楽」——「若菜下」の帖

管絃など多数

朱雀院(すざくいん)の五十(ごじゅう)の賀(が)を前に、それぞれが音楽の練習を始めました。女楽(おんながく)も催されることになり、役に当たる方々は練習に余念がありません。唐(とう)の後宮(こうきゅう)で女性だけの演奏が行われていたように、わが国にも早くから女性だけの演奏や舞がありました。内教坊(ないきょうぼう)は、その役所です。

私の周囲には、音楽の心得のある女性が数多くおりました。武家の社会になってのち、女性は演奏から離れました。近年、女性が再び音楽の世界に加わるようになって、男性に負けることなく上手(じょうず)に奏されるのを見聞きし、私の時代に戻ったと喜んでおります。

源氏は、紫(むらさき)の上(うえ)を、女三宮(おんなさんのみや)の寝殿(しんでん)へ迎え、合

奏することにいたしました。だれもがこれを聴きたくて、紫の上のお供を願いましたが、音楽に心得のある者だけが選ばれました。舞を担当する女童も選りすぐりです。明石の女御や女三宮のところでも、競い合って衣装や調度に華美を尽くしました。

　障子を外し、御几帳だけを境にして、中の間に源氏のお座りになる御座所が設けられました。拍子合わせの役に、子供を召すことになり、右大臣家の三男で玉鬘夫人の上の子に笙を、左大将の長男に横笛を吹かせることにいたしました。

　明石の御方に琵琶、紫の上に和琴、明石の女御に箏の琴、女三宮には手馴れていらっしゃる琴を調絃して、差し上げなさいました。箏は合奏するときの調子によって琴柱の位置がずれやすいので、源氏は夕霧を呼んで調絃させなさいました。夕霧は礼儀正しく、心づかいもよく、「壱越調」の音に発の緒を合わせて調絃を終えると、源氏の命で、興をそそる程度に調子合わせだけを弾いて、差し上げなさいました。笛を吹く人たちはまだ幼く、拍子を合わせるには頼りないからと、同じく夕霧に手伝わせなさいました。源氏のお孫さんたちが宿直姿で笛を吹き合わせておりましたが、幼くも将来を想像させる素晴らしい音色でありました。

　それぞれのお琴の調絃が終わって、合奏となりました。どなたも優劣つけがたいなか、明石の御方の琵琶は、神々しい感じの弾き方で音色が澄みきって美しく聴こえます。紫の上の和琴は、魅力的で今風なのが人々を感嘆させました。明石の女御の箏の琴は、ほかの楽器の合間に聴こえるというふうで、可憐で優美でした。女三宮の琴は、未熟さはありますが、習っていらっしゃるところなので危なげなく、ほかの楽器とも響き合っています。

　夕霧は、興に乗って唱歌をなさり、源氏も時々扇を打ち鳴らして一緒に唱歌なさいました。その声は昔よりもはるかに美しく、少し声が太く堂々とした感じが加わって聴こえました。夜が更けるにつれて、何とも言いようのない優雅な音楽会となりました。

催馬楽【葛城】

源氏と夕霧の音楽談議

——「若菜下」の帖

女楽は、なお続けられています。臥待の月（十九日）がわずかに顔を出すころ、演奏もひと休み。源氏と夕霧とが音楽論に花を咲かせます。演奏するのは春がいい、いや秋がいい、春でも曙がいい、いや夕暮れが最高などと賑やかです。このような議論は、昔から面白がってなされたようです。

私の意見ですか？　私は、自分の意見を次のように源氏に語らせています。「この議論だがね。昔から判定の下しようがない。後世の劣った者には、なおさらどちらが良いとは決めかねることであろう。楽器の調べや曲目などは、なるほど律を二の次にしているが、これとても同じである」と。

また、「このところ上手といわれる者でも、きょうのような女性たちと一緒に演奏しても、格別優れているとは思われない」と手厳しく、一方、「若い弟子たちがそこそこ演奏するのは、たとえば、明石の御方の琵琶などは文句のつけようがないが、初めて聴いたとき、おかしな演奏をするので、少し手直しをしたからなのだ。いまは格段に良くなっている」と自慢げに語らせ、そばの女房たちに互いに肘をつつき合って笑わせております。

「何事も、習い事は稽古をすれば、才能に限りがないと思われてくるもので、自ら満足する限度はなく、習得するのは実に難しい」と述べさせ、源氏の得意な琴の琴については、「この琴を本当に習得した昔の人は、天地を揺るがし、鬼神の心を柔らげることができた。すべての楽器の音がこれに従い、悲しみは喜びに、貧しい者は高貴な身となり、世に認められるといった人が多かった。わが国に初めて琴を伝えた人は、かの国で学ぶのに苦労して、変人とさえ思われていた。私も熱中していたころには、楽譜を見比べ、師匠とすべき人

がいなくなるまで習得した。それでも昔の名人にはかなわない。これからのち、伝授すべき子孫がいないのが心寂しいことだ」と嘆かせています。

この当時、すでに琴を正式に学ぶことが難しくなっていたのです。それでも「この御子たちのなかに立派に成人する者がいて、その時まで私が生きているならば、その方に私の技を伝授したい。三宮（のちの匂宮）には、その才能があるように見える」と次の世代への希望も忘れません。

その後、女御の君が箏の御琴を紫の上にお譲りし、和琴を源氏に差し上げて、くつろいだ音楽の遊びとなり、「葛城」を演奏しました。明るく面白いので、源氏は繰り返しお歌いになりました。「葛城」は、子孫繁栄を歌った歌です。

源氏が繰り返し歌われたように、私の時代から百五十年余り後に活躍した鴨長明も著書『無名抄』で、興に乗って何遍も繰り返し歌ったと述べています。このことから、催馬楽は手拍子を打って歌うテンポの早いものであったことが分かります。みなさまが現在お聞きの催馬楽は、江戸時代に復曲した際、テンポを誤ったものと思われます。

月が高くなるにつれ、演奏も佳境に入りました。なかでも琴は、五、六の溌剌を見事にお弾きになり、よく澄んで聴こえました。演奏に参加した女性たち、お子たち、みな褒美を頂戴して散会となりました。ちなみに琴の奏法で、内へ一気に弾くのを溌、外へ弾くのを刺といいます。元気の良い様を溌剌というのは、これに由来するのです。

朱雀院「五十賀」を寿ぐ子供たちの舞

——「若菜下」の帖

管絃【仙遊霞】　舞楽【皇麞】【陵王】【落蹲】【太平楽】【喜春楽】

朱雀院の五十賀は、年明け早々に行うべきところ、関わりのある者の病気や忌月などが重なって延び延びとなり、年末になってしまいました。例によって、試楽が行われます。六条院の花散里の住居である東の御殿において、夕霧がこまやかな心づかいで、楽人や舞人に、装束のことなどを指図しています。音楽の師匠などというものは、自分の専門についてはともかくも、ほかのことには融通の利かないものですが、その点、夕霧は違います。試楽はご夫人方が見物できるので、見甲斐のないようにはすまいと、御賀の当日の装束とは異なる、青色に蘇芳襲の下襲を舞人に着せ、楽人三十人には白襲を着させています。

東南の方の釣殿に続く廊が奏楽所となりました。舞人が山の南の側から御前に出る間、楽人参向の曲として知られている「仙遊霞」が奏されました。

雪が少し散らつきましたが、梅の花がほころびかけ、春の訪れを予感させます。右大臣の四男、左大将の三男、そして兵部卿宮の孫王お二人が「萬歳楽」を舞いました。いわゆる童舞です。四人とも高貴な家柄のお子なので、どことなく気品があります。左大将の典侍がお生みになった二男と、式部卿宮の長男で源中納言である方のお子は「皇麞」を舞いました。

さらに、右大臣の三男は、その美貌のゆえに恐ろしい仮面を着けて戦いに挑み、ことごとく勝利したという中国・北斉の王の舞「陵王」を、左大将の長男は、「陵王」の番舞である右方の舞楽「落蹲」を舞いました。この場面、親の役職の左右と、舞の分類の左右とが逆になっていて、そこが面白いところです。

このほか、武具を身に着けながら矢を胡簶（矢の入れ物）に逆さまに入れることから、平和を象徴する舞とされる「太平楽」、また、その名の通り春を喜ぶ曲で、東宮の元服などのお祝い事に必ず披露される「喜春楽」などの舞を、同じ一族の子供も大人も入れ替わりつつ、またとは見られぬ妙技を尽くして舞いました。孫たちの舞に、年老いた上達部たちはみな落涙なさり、式部卿宮などは、鼻が赤く色づくほどお泣きになりました。

この試楽に、柏木も源氏に招かれて参上しました。柏木は、女三宮との密通の許しを得ようと源氏のご機嫌を伺いましたが、どうもお許しにならない様子に落胆。その後、病は重くなり、ついにお亡くなりになりました。

舞楽「太平楽」（左方・太食調→DVD収録）

柏木を想う落葉宮の心表す「想夫恋」

管絃【相府蓮（想夫恋）】【盤渉調調子】

――「横笛」の帖

柏木が亡くなり、一条院は遺された妻の二宮（落葉宮）と、その母の御息所だけで寂しい限りです。夕霧は、たびたび訪ねては慰めます。二宮の心持ちは、月夜の澄んだ空を連なって飛ぶ雁の姿でさえ孤独ではないとして、羨ましく思うほどでした。

寂しさに心動かされたのでしょう、二宮は箏の琴を大層微かにお弾きになっています。音色に誘われた夕霧は、柏木愛用の琵琶を取り、「想夫恋」をお弾きになりました。

この曲は、「相府蓮」と表記するのが正しく、「丞相府（大臣の官邸）の蓮」の意です。晋の大臣・王倹は、濡れ衣を着せられて職を追われますが、のちに清廉潔白と分かって復職します。王倹が愛でた蓮は、泥中にても綺麗な花を付けます。この曲は、その故事を蓮にたとえて作られたものといわれています。わが国に入って、音の連想から「想夫恋」の字を当て、夫を想う妻の曲であると見なされるようになりました。

古くは、舞も詠もあったと伝えられております。私の時代より後になりますが、『平家物語』では、小督局がこの曲を弾奏して高倉天皇を想ったとの哀話が広く知られており、このエピソードは民謡『黒田節』の歌詞にも歌われています。

夕霧は、二宮のお気持ちを察して演奏したのですが、二宮はただただ悲しく思い続けるだけで、わずかに止め句（曲の終わりを示すフレーズ）の前から少しお弾きになっただけでした。

夕霧は、柏木の形見の由緒ある笛を頂きます。かつて柏木が、「自分でも、この笛は吹きこなせない。大事にしてくれる人に何とか伝えたいものだ」と言っていたのを思い出し、さらに悲しみが胸に迫ってきました。試みに夕霧は、この笛を吹いてみましたが、盤渉調の調子を半分ほどでおやめになり、夜も更けてきたので、心を残しながら暇を乞いました。

屋敷に戻ると、みなはすでに寝息を立てています。夕霧は、笛を少しお吹きになりながら、一条院の母娘のことを思うのでした。笛のせいでしょうか、柏木が夕霧の夢にたびたび現れました。

紫の上の回復願う再生の舞楽 ——「御法」の帖

舞楽【陵王】

紫の上は、女の厄年とされていた三十七歳の正月、女楽の直後に発病し、四月には一時危篤となりました。幸い、持ち直しましたが、四年が経過しても全快いたしません。死期を悟ったのでしょうか、長年、私的なご発願であった「法華経」一千部のご写経を、急いでご供養なさいました。

供養は、紫の上が自身の屋敷とお思いの二条院で催されました。大層にはしない方針でしたが、何かにつけて紫の上の心づかいが行き届いており、実に荘厳な法会となり、源氏も得難いことと感心いたしております。奉仕する楽人と舞人は、夕霧がお世話なさいました。

法会には、宮中より帝をはじめ、春宮(皇太子)、皇太后、中宮がお供をそろえておなりです。大部の経巻等を紫の上が用意したことに、参列者はみな驚きもし、長い年月をかけたお志と信仰心に敬服いたしました。源氏に関わる女性たち、花散里や明石の御方なども参会いたしました。

法要が行われたのは旧暦三月十日でしたから、

春爛漫、花の盛りです。気候も麗らかで御仏のおいでになる世界もこのようなところかと、信心に疎い人でも思わず信仰に入る機縁を得そうな雰囲気です。しかし、高らかに一斉に読まれているお経がやむと、式場は静まり返り、物哀れな気分が漂います。紫の上の心中は、なおさらです。

法会は夜通し行われました。読経の声に合わせて演奏される楽の音が面白く響いています。曙の霞の間から見える花もゆかしく、百千鳥の囀りも笛の音に劣らず、競っているかのようです。舞楽法要の次第に準じて番で演じられてきた舞も、最後となる「陵王急」が奏舞されると、その場は一段と華やかになりました。中国・北斉のハンサムな蘭陵王長恭の物語で知られるこの舞は、またの名を「没日還午楽」といい、一度没した太陽をお午まで引き戻したという奇怪な話が伝わります。紫の上が、若さと美貌を誇った時のように回復することを願って舞われました。

親王、上達部のなかでも、音楽の上手な方々は技を尽くし、身分の高低にかかわらず演奏に没頭しています。紫の上は、これがこの世の見納めかと、演奏なさる方々の姿をご覧になり、普段は目に留まらない人までも、その容貌や態度、琴笛の技量や音色を心に留めるのでした。永遠の生などないと知りながらも、このなかで自分独りが先立つかと思うとやはり寂しく、法会が終わってお帰りの方々をお見送りして、これが永遠の別れになるのかと、さらに悲しみは募るのでした。

紫の上は間もなく、明石の女御に看取られてお亡くなりになりました。源氏が五十一歳ですから、紫の上は四十一歳でこの世の限りとなったのです。

舞楽「蘭陵王」（左方・壱越調→DVD収録）

管絃の遊びもなさらぬ源氏の悲しみ

——「幻」の帖

私の物語全五十四帖のうち、光源氏の登場は、第四十一帖の「幻」が最後です。あとの十三帖は源氏のお子たちのお話です。「幻」は、紫の上が亡くなった翌年、栄耀栄華を誇り、五十二歳となった源氏が悲嘆に暮れ、出家を決意するところまでを描きました。いわゆる盛者必衰の世の無常と、縁に基づいて輪廻する世界を示したのです。

新年を迎えれば、新たな年を寿ぐ賀宴で管絃の調べが賑やかに奏されますが、源氏は楽器を手にする気にもなりません。春の光が輝けば輝くほど、ますます心は乱れ、涙に暮れるばかりです。初夏の更衣のころは、賀茂の祭りで華やいでいるであろうと想像しては身の切なさを嘆き、蛍の弱々しい光に、いまは亡き人を思い起こします。七月七日の乞巧奠（手芸・裁縫の上達を祈る行事）は、必ず管絃に興じたものですが、何もありません。

ただ、二星（牽牛星と織女星）が一年に一度でも会うことができるのを、羨ましく思うのみです。

春は花が咲き、鶯が鳴き、秋には葉が紅に染まり、月が冴えます。巡り来る季節はいつもと変わりません。源氏の心は、何の感興も湧き起こらず、ひたすら思い出に耽るのみです。節季ごとの行事も、ただ形ばかり。私は、源氏の悲しみを、節目の儀式や行事には必ず催された管絃の遊びも舞楽もなさらないことで表現したのです。

第二章

雅楽物語

この章では「源氏物語」から少し離れて、雅楽にまつわるお話をいたしましょう。

クニで異なる「雅楽」の意味

——雅楽の歴史①

舞楽「還城楽」（右方・太食調）別名「見蛇楽」。一説に、蛇を好物とする人が獲物を見つけて喜ぶ様を舞にしたといわれています。林邑（ベトナムの一地方）方面から伝わった「林邑八楽」の一つ

みなさま、私の物語に出てまいります雅楽の曲の数々、お分かりいただけましたでしょうか。この章では「源氏物語」から少し離れて、雅楽にまつわるお話をいたしましょう。

「雅楽」という用語は、お隣の国、中国の文字である「漢字」からお借りしています。「雅びやかな音楽」と書きますが、「雅」という字は「正しい」というのが第一の意味ですので、つまりは「正しい音楽」というわけです。

しかし、音楽そのものに、もともと「雅びやかである」「正しい」とか、あるいは「卑俗である」「よこしまである」といった区別のないことは、お分かりいただけると思います。こうした区別が生まれた背景には、その音楽が、どのように使われてきたかということがあるのでしょう。

「雅楽」という言葉は、中国はもちろん、朝鮮半島やインドシナ半島などの漢字文化圏でも使われてきました。しかし、その意味するところは、それぞれ違っています。

中国では、聖人として崇められている孔子をお祀りする「孔子廟」で演奏される音楽のことをいいます。また、朝鮮半島では、孔子をお祀りする「文廟」で奏される音楽や、先祖をお祀りする音楽など、儀式音楽の総称として使われています。

日本には、孔子が説いた教えである「儒教」の思想は伝わりましたが、どういうわけか、儀礼の方法や、それに用いられる音楽は入ってきませんでした。その代わり、中国で「雅楽」に対する「俗楽」として扱われていた〝宴会の音楽〟が伝来し、他国の音楽と融合して生まれた音楽を「雅楽」と呼ぶようになったのです。その後、日本の雅楽は、インドシナ半島における雅楽と同じように、宮廷音楽として継承されてきました。

かつて「俗楽」とされていたものが、宮廷音楽に用いられたために「雅楽」として扱われるようになったとは、面白いものですね。

大陸各地の音楽が伝来

――雅楽の歴史②

幻の天平芸能「伎楽」→DVD収録
西暦612年に百済から伝わったとされますが、その後、廃絶。昭和55年に復興され(122ページ参照)、以来、天理大学雅楽部が演じ続けています

いつの時代でも、どこの土地でも、人はうれしいにつけ、悲しいにつけ、歌を口ずさみ、楽器を奏でてまいりました。音楽の要素であるリズム、メロディーは、その土地ごとに独特のものがあり、それによってどこの地域の曲であるかが分かります。日本の雅楽の元になったのは、中国の隋から唐の時代にかけての〝宴会の音楽〟ですが、これらは中国周辺の音楽を吸収してできたものです。

わが国には、もともと独自の音楽や舞がありました。それらは神々を祀る儀式の要素として、あるいは生活を豊かにする楽しみとして、演じられてきました。それが海上に交通路が開かれますと、まず、朝鮮半島から「三韓楽(高句麗楽、新羅楽、百済楽)」が、次に中国から〝宴会の音楽〟が伝わりました。その後、飛鳥に都が置かれた際に、中国の制度にならって「大宝律令」が制定され、それに伴ってお役所が整備されました。そのうちの一つである治部省に「雅楽寮」が設けられ、さまざまな音楽が管理されるようになりました。

雅楽寮では、日本独自の音楽をはじめ、三韓楽、中国伝来の唐楽、渡羅楽や伎楽などが、個別に教えられていました。そのために、それぞれの専門家を日本に招いたり、日本から彼の地に出向いて習ったりしておりました。

なかでも遣唐使は、重要な役割を果たしました。私の時代には、天平八年（七三六）、第十代の遣唐使の要請を受けて日本へ渡った僧侶たちによって、天竺楽（天竺＝インド）や林邑楽（林邑＝ベトナムの一地方）が伝えられております。

当時の奈良は、二十人に一人は渡来した方というほど、国際色豊かなところでした。あの東大寺の大仏さんのお目々を開ける儀式には、さまざまな音楽や舞が奉納され、それは賑やかであったということです。正倉院には、その時に使われた楽器や面や装束が、いまもたくさん残されています。

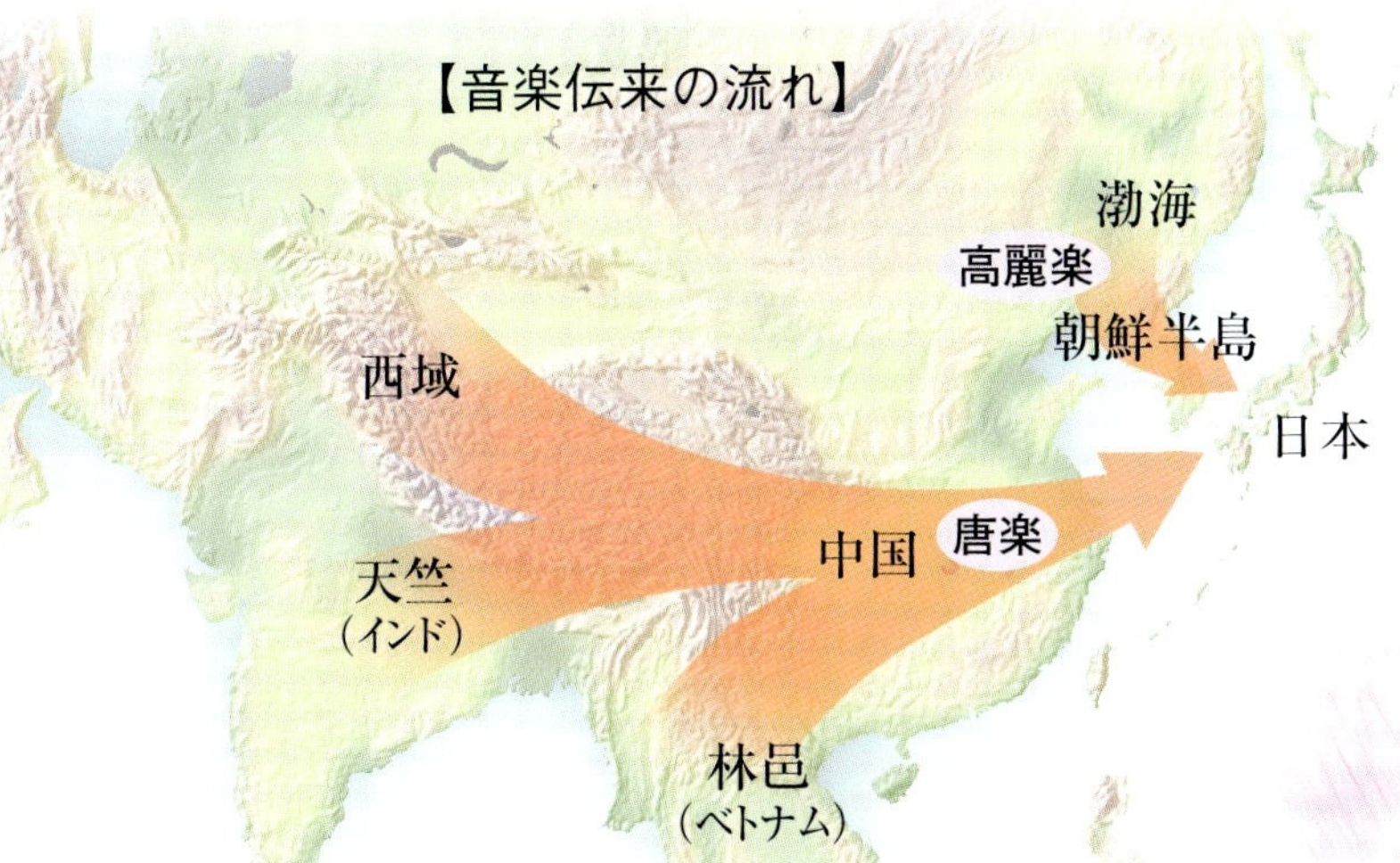

"日本の雅楽"の誕生──雅楽の歴史③

都が奈良から京都へ遷されますと、私の時代であります平安時代が始まります。西暦で申しますと七九四年から一一九二年にかけてのおよそ四百年間、中国にならった律令国家が充実して、天皇を中心とする安定した貴族社会が形成されました。

この時代は、雅楽にとってとても重要です。儀式音楽としての地位が確かなものになるとともに、貴族のたしなみとして受け入れられ、大いに発展しました。当初は、奈良時代の形式を受け継いで、遣唐使（けんとうし）らが持ち帰った音楽が個別に伝承されておりました。

ところが、菅原道真（すがわらのみちざね）さまが遣唐使に任ぜられました時、中国で「黄巣の乱」（こうそう）（八七五〜八八四）が起こり、渡航することができなくなりました。そのうち唐王朝が滅んでしまい、結局、遣唐使そのものが沙汰止み（さたやみ）となってしまったのです。

交流がなくなりますと、各地の音楽や舞が、整理統合されるようになりました。平安時代は、今日に続く雅楽の伝統の本体ができた時といえます。中国を経由して伝わった天竺楽（てんじくがく）、林邑楽（りんゆうがく）、胡楽（こがく）、渡羅楽（とらがく）などは「唐楽（とうがく）」に、朝鮮半島の高句麗楽（こうくりがく）、新羅楽（しらぎがく）、百済楽（くだらがく）、および渤海楽（ぼっかいがく）などは「高麗楽（こまがく）」に分類されました。

また、舞楽は、御所の警護に当たる左右の衛府（えふ）の役人がそれぞれ担うようになり、それに伴って、各楽曲を「左方の舞楽（さほう）」と「右方の舞楽（うほう）」に整理した「左右両舞制（さゆうりょうぶせい）」が設けられました。さらに、演奏の際に、舞振りや曲の由来に関連のある左右の曲を番で舞う「番舞の制（つがいまい）」ができました。

■ 番舞(つがいまい)の一例
装束、鉾(ほこ)を持つところなど、どちらも似ていますね

舞楽「散手(さんじゅ)」(左方・太食調(たいしきちょう)) 　　舞楽「貴徳(きとく)」(右方・高麗壱越調(こまいちこつちょう)→**DVD収録**)

"日本の雅楽"の誕生

左右両舞制

	【左方の舞楽】	【右方の舞楽】
用いる音楽	唐楽(中国の音楽を中心に、中国を経由して伝わった天竺楽、林邑楽、胡楽、渡羅楽などを統合)	高麗楽(朝鮮半島の高句麗楽・新羅楽・百済楽、渤海楽などを統合)※一部、唐楽を用いるものもある
装束	赤系統の装束	青緑系統の装束
舞台への入退場	左から入退場	右から入退場
楽器	笙(しょう)、篳篥(ひちりき)、龍笛(りゅうてき)　羯鼓(かっこ)、太鼓(たいこ)、鉦鼓(しょうこ)	篳篥(ひちりき)、高麗笛(こまぶえ)　三ノ鼓(さんのつづみ)、太鼓、鉦鼓

雅楽といえば「管絃」！

——雅楽の形式①

現在の雅楽は、「管絃」「謡物」「舞楽」の三つの分野から見ると分かりやすいようです。このうち「管絃」は、演奏のみを行う形式をいいます。儀式音楽として用いられ、また、雅楽を習得するとき最初に習うので、「雅楽といえば管絃」というように一般にも広く知られています。それゆえ、雅楽に歌や舞があることを、ご存じない方も少なくないようです。

管絃は、「三管三鼓両絃」といいまして、笙、篳篥、龍笛の三種類の管楽器、羯鼓、太鼓、鉦鼓の三種類の打楽器、琵琶、箏の二種類の絃楽器によって演奏するのが通常のスタイルです。

とはいえ、このスタイルでなければならないということではなく、メンバーの都合でいずれかの楽器が欠けることもありますし、極端にいえば、一人でも管絃の曲を演奏することもできます。私の物語のなかでは、一人で演奏する場面も、二人で演奏する場面も、あるいは大勢で演奏する場面も描いております。

演奏会では、一つの種類の管楽器の数によって、一管であれば、一管通り（通しともいいます）、二管であれば二管通りと呼び、宮内庁をはじめとする演奏団体では通常、三管通りで、絃楽器は二面ずつ、使用しています。

したがいまして三管通りですと、演奏者の数は、打楽器は各一人の三人、絃楽器は各二人の四人、管楽器は各三人の九人ですので、合計十六人で演奏いたします。音のバランスといい、迫力といい、三管通りが管絃では優れていると考えられているからでしょう。管絃の曲は、現在二百曲ほど伝えられており、新しく作られる曲も管絃の形式が多いようです。

オーソドックスな「管絃」の演奏形態

管絃の編成

男性ユニゾンが心を癒やす「謡物」

——雅楽の形式②

催馬楽や御神楽では、歌方の主奏者である「句頭」が、笏を二つに割った形状の「笏拍子」を打って演奏をリードします

雅楽には、「謡物」あるいは「歌物」と呼ばれる、雅楽の楽器の伴奏で歌を歌うものがあります。宮中祭祀に用いられる「御神楽」、日本古来の国風歌舞である「和舞」や「東遊」など、そのジャンルは十数種類に及びます。

「御神楽」は、今日では御所の賢所で行われる神聖なものですが、元は庶民の間で歌われていた歌が宗教儀式に取り入れられたものです。それに代わって、歌そのものを楽しむことを目的として「催馬楽」や「朗詠」が盛んになりました。「催馬楽」は、民間で歌われていた「国誉めの歌」「労働歌」「童歌」「戯歌」などを、「朗詠」は漢詩を、それぞれ雅楽の楽器の伴奏で歌います。

殊に「催馬楽」は、私の時代、とても流行いたしました。私の物語のなかにも多数登場いたします。ものの本によりますと、かつては六十四曲、あるいは六十八曲もあったとか。しかし「応仁の乱」の影響もあって、その後は衰退してしまいました。

江戸時代になって復曲が試みられ、その伝統を受け継いでいる宮内庁式部職楽部には今日、十曲が伝えられています。天理大学雅楽部では、天理図書館に所蔵されている綾小路家の催馬楽の譜本などを参考に、毎年一曲ずつ、再興を試みています。

催馬楽は、三管（笙、篳篥、龍笛）、両絃（箏、琵琶）に、句頭が打つ「笏拍子」を伴奏として、一定の拍子のもとに男性がユニゾン（複数の人が同じ旋律を歌うこと）で歌います。

一方、漢詩を歌う「朗詠」は、拍子を取らず、絃楽器も入れずに、ゆったりと大らかに歌います。朗詠では「嘉辰」という曲を除くすべての曲が、漢詩を三句に分けて歌います。そのうち二番目の句は、かつて女性が歌ったのでしょう、高音域ですので、男性ではよほど訓練しないと声が出ません。ここから「二の句が継げない」という言葉が生まれました。

謡物には、御神楽の「早韓神」や「其駒」、また「和舞」や「東遊」のように、舞を伴うものも少なくありません。なかには、おすべらかしに十二単姿の女性が、「大歌」に合わせて舞う「五節舞」という優雅なものもあります。後世では嫁選びの場に利用されたりもいたしましたが、本来は、毎年の豊明節会に舞われる神聖なものでした。私の物語のなかにも幾度か記しております。

天地の〝元気〟を送り出す「舞楽」
——雅楽の形式③

雅楽では、管絃や謡物もそれぞれにいいのですが、やはり何と言っても花は「舞楽」でしょう。舞楽とは、雅楽の楽器の伴奏で舞を舞うものをいいます。正式な舞台は、四間(約七・二メートル)四方に赤い高欄を巡らし、その中に三間四方の緑の打敷を敷き、高欄と打敷の間に白砂を敷き詰めます。高欄の東西は閉じられていますが、南北の中央は一間ほど開けられています。

古来、朝鮮半島や中国大陸などからわが国に伝わった歌舞は、平安時代の「左右両舞制」のもとに、それぞれの個別の伝統を尊重しながらも、「左方の舞楽」と「右方の舞楽」の二つに整理統合されました。唐を中心として、その西方や南方より伝来した楽舞を左方に、朝鮮半島およびそれより北方の楽舞を右方に分類いたしました。したがいまして、演奏形態では、主に左方の舞楽は「唐楽」、右方の舞楽は「高麗楽」が用いられま

舞楽の舞台

す。装束も、左方の舞楽は赤色系統、右方の舞楽は青緑色系統のものを着けることになっています。

舞楽の舞台は方形に設えられています。これは「天円地方」という中国の思想によっています。舞をご覧になる天子の座は北に設けられます。舞人は南の開口部から舞台に上がり、天からの力と、足を踏みしめて導き出す地からの力を身に帯びて、北側の開口部より、天子に向かってその力を送り出すのです。現在は、天子の位置がいわば観客席になります。ちなみに、左方の舞人は東、すなわち観客席から見て左側から、右方の舞人は西、すなわち右側から入退場をいたします。

正式な演奏の場では、左右の曲を番で舞うのを常としています。番となる曲は、舞振りや舞の姿の似たものが選ばれます。左方の舞人は、メロディーを覚えて舞うのに対し、右方の舞人はリズムによって舞います。楽器の編成は、左方は管絃と同じく三管三鼓を用い、時に「管絃舞楽」といって両絃も加わります。右方は羯鼓の代わりに三ノ鼓を用い、高麗楽の演奏の場合、笙を外し、龍笛の代わりに高麗笛を用います。

また、左方と右方の違いにかかわらず、舞の姿から「平舞」と「走舞」、「文舞」と「武舞」の別があり、さらに子供の舞う「童舞」、女性が舞う「女舞」があります。

今日、舞楽の曲は、舞の由来とともに数多く伝えられていますが、舞によって装束や面や持ち物が変わり、興味がそそられます。ぜひ、みなさまもご覧になり、舞人が送り出す〝元気〟を受けてみてはいかがでしょうか。

「篳篥」は蘆舌の〝ヨシ〟〝アシ〟がいのち

——雅楽の楽器①

「篳篥」は、指孔が表に七つ、反対側に二つある竹製の管楽器で、葦で作った「蘆舌」というリードを付けて演奏します。哲学者のパスカルさんが「人間は考える葦である」と言った、あの葦です。西洋楽器のオーボエやイングリッシュホルン、ファゴットと同じ原理の和楽器です。

葦は「悪し」と同じ発音ですので、縁起を担いで「良し」（漢字は「葦、芦、蘆、葭」）と呼び替えています。川辺に生えるイネ科の植物で、根を水中の土深くに伸ばし、茎は長さ五メートルにもなるので、野鳥や小魚の格好の隠れ家になっています。また、水質の浄化など、自然環境の保全に役立つ植物として注目されています。かつては屋根を葺く材料として、冬に枯れた茎を刈り取って利用しましたが、いまではわずかに夏の涼を得る「葦簀」に使われるくらいです。

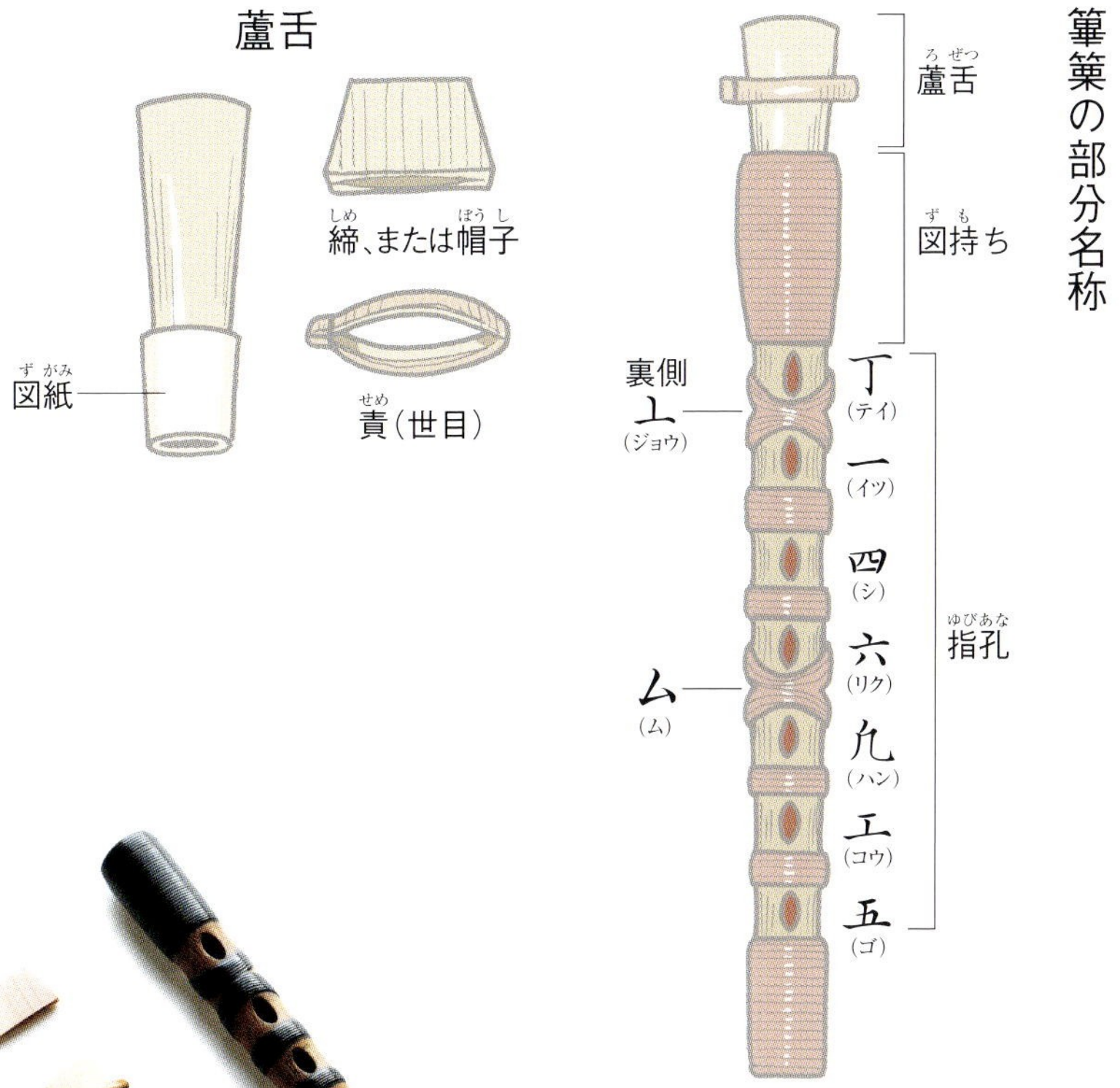
篳篥の部分名称
蘆舌
図持ち
裏側
丄
（ジョウ）
丁
（テイ）
一
（イツ）
四
（シ）
六
（リク）
ム
（ム）
凢
（ハン）
工
（コウ）
五
（ゴ）
指孔
蘆舌
締、または帽子
図紙
責（世目）

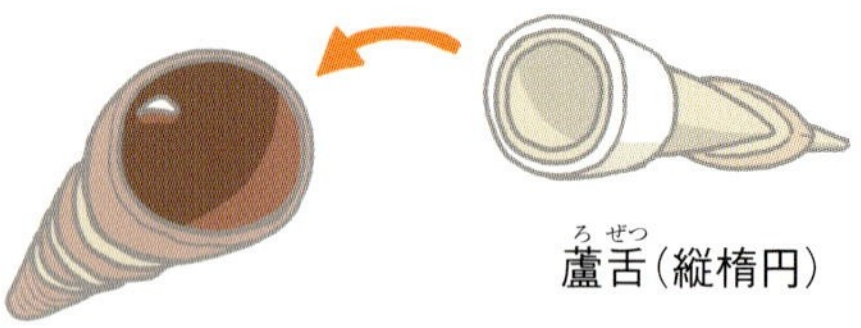

クラリネットやサキソフォンは、葦の茎を縦に割って削り出した「シングルリード」を、オーボエや篳篥は、茎をそのまま輪切りにし、片側の断面を火で焙って拉いだ「ダブルリード」を使います。蘆舌の材料の葦は、固く締まった材質にするために、刈り取ってから約三年、長くて七年ほど、炉や竈の上方に、煤がかかるように置いて乾燥させます。

完成した蘆舌は篳篥に差し込んで、拉いだほうを口に含み、息を入れて鳴らします。このとき、蘆舌の断面は正円ではなく、縦楕円になるように作られています。一方、篳篥の蘆舌を差し込むところを「図持ち」といい、横楕円になっています（上図）。縦楕円の蘆舌を横楕円の図持ちに差し込むことによって、拉がれて閉じた状態の蘆舌の先端が開くようになっているのです。篳篥の管の良し悪しは、竹の材質と図持ちの作りの良さで決まります。

篳篥には、竹を縦に四枚から八枚に割り、裏返してつないで丸く削った「裏剥ぎの管」という凝った作りのものもありますが、音の鳴る原理からして、塩化ビニール管でも何でも丸い管であればオーケーです。それよりも何よりも、篳篥の音色は蘆舌の良し悪しがいのちで、葦の材質や削り方で音に違いが出ます。友人の清少納言が『枕草子』のなかで「篳篥はうるさい」と言っておりますが、奏者も悪かったのでしょうが、蘆舌も良くなかったに違いありません。篳篥の名手は、常に自分に合った蘆舌作りに余念がないからです。

「笛」はなぜ平安貴族に愛された？

——雅楽の楽器②

高麗笛

龍笛

神楽笛

笛は「吹き枝」が語源とされていますが、諸説紛々です。管楽器の総称としても使われています。雅楽で用いられる笛は、唐楽では「龍笛」、高麗楽では「高麗笛」、御神楽では「神楽笛」というように、ジャンルによって使い分けられています。謡物の「東遊」には高麗笛が使われていますが、かつては「中管」が用いられていました。

私の物語では、笛といえば主に龍笛のことで、そのほかのものについては、尺八の笛、笙の笛、高麗笛などと、楽器の名とともに笛の語を付けています。

話は少し変わりますが、奈良県天理市に、古墳時代後期（五〜六世紀）の築造とされている「星塚古墳」があります。昭和六十年（一九八五）、この古墳から、松製の横笛が見つかりました。考古学界では正式に笛とは認定しておらず、「管状木製品」というのだそうですが、かつて葬儀に際

龍笛の部分名称

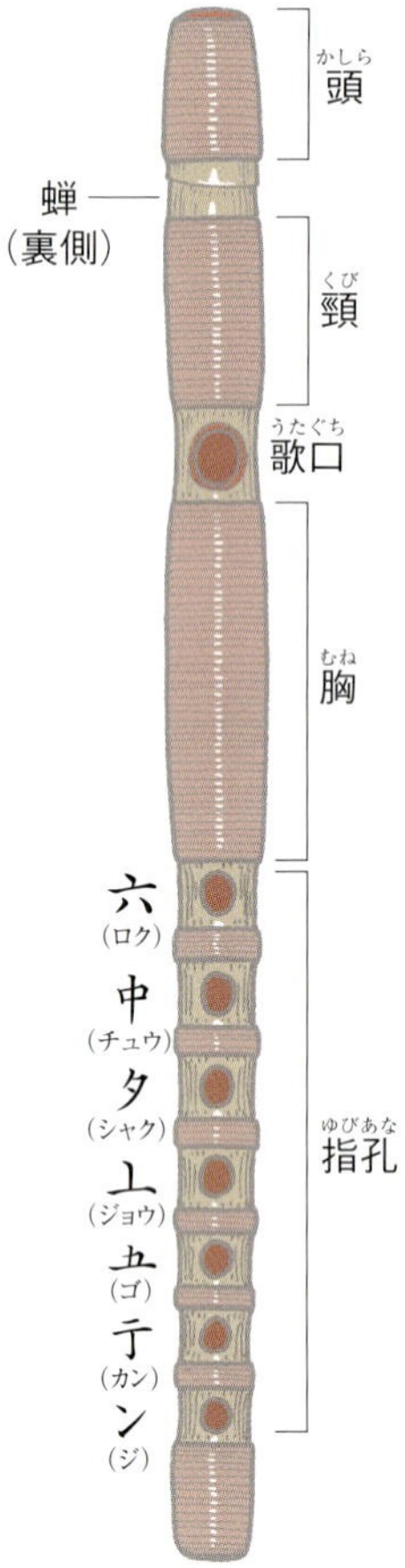

して木の枝から笛を作り、葬送が終わると一緒に埋納されたものと思われます。

この笛の復元が試みられました。松製の笛は、生木の状態では音が出るのですが、乾燥すると鳴らなくなります。演奏するとき、水につけなければならないのです。龍笛は〝水の精〟と考えられますので、何かしら納得させられますね。

私の物語では、笛を至るところで利用させていただきましたが、何と言っても柏木の遺品となった笛が、夕霧を介して、息子である薫の手に渡る場面は圧巻でしょう。薫の出生の秘密に関わる重要な小道具として使わせていただきました。

平安貴族にとって、雅楽の楽器をたしなむことは教養の基本でしたが、殊に笛は珍重されました。笛の名手としては、博雅三位をはじめ、村上天皇や一条天皇、「青葉の笛」で知られる後世の平敦盛など多くの方々がおられます。その訳は、ほかの楽器と比べて扱いが簡便であることと、メロディー楽器として優れ、一人でも曲を楽しめること、そして何よりも、巧拙がはっきりしている点にあると思われます。みなさまも、ぜひ挑戦してみてください。

「笙」と〃火〃の切っても切れない関係

——雅楽の楽器③

笙は、羽が三百六十本もあるとされる伝説上の「鳳凰」が、羽をたたんで休んでいる姿を象って作られたといわれています。「鳳」は雄、「凰」は雌であるところから、「鳳笙」とも「凰笙」とも呼んでいます。日本には早い時期に大陸から伝わり、正倉院にも所蔵されています。源流とされる楽器は、中国の南部、タイやラオスの北部で、いまも使われています。

笙の構造は、とても複雑で精巧です。「匏」と呼ばれるお椀型の上に、水牛の角で十七個の穴を円形に穿った蓋をし、その穴に十七本の細い竹管が差し込まれています。そのうち十五本の下部に、「響銅」と呼ばれる銅と錫の合金でできた「簧(リード部分)」が付けられています。匏の横にある吹き口から息を入れる際、それぞれの竹管に開けられた指孔を押さえることによって、竹管に息が

笙の部分名称

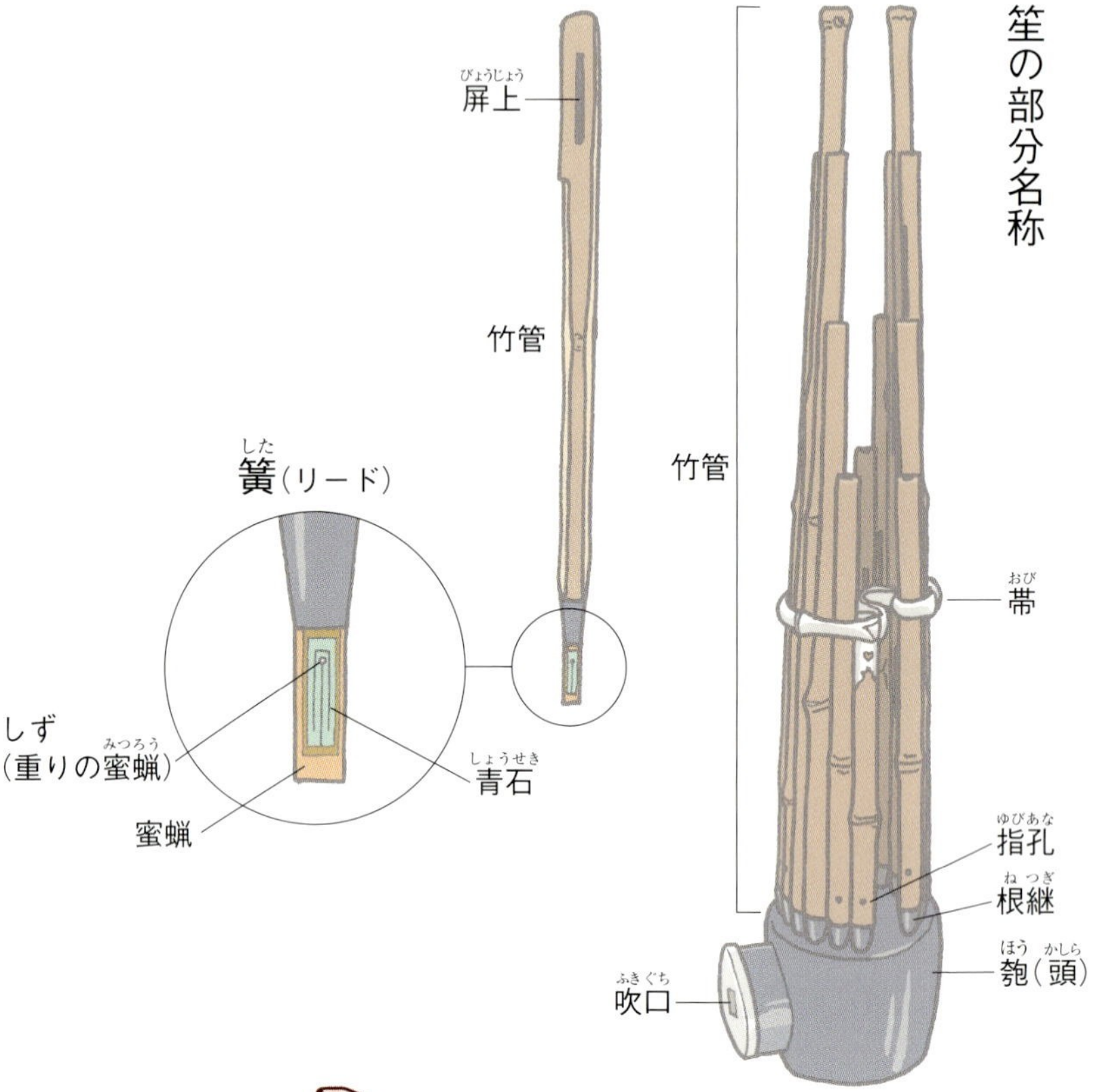
屏上（びょうじょう）
竹管
簧（した）（リード）
しず
（重りの蜜蝋（みつろう））
青石（しょうせき）
蜜蝋
竹管
帯（おび）
指孔（ゆびあな）
根継（ねつぎ）
匏（ほう）（頭（かしら））
吹口（ふきぐち）

通り、簧が振動して音が鳴る仕組みです。

音の高さは、簧の大きさと管の長さで決まります。鳳凰の姿を保ったまま目的の音程を得る工夫として、それぞれの管に「屏上」という穴が開けられています。

笙を演奏する前に、炭火や、このごろでは電熱器を使って焙る姿を見かけます。これには、二つの理由があります。一つは正しい音の高さを保つため。簧は響銅の板に長方形の振動体が切り出されています。この振動体の先には、「しず」というオモリが載っています。しずは蜜蝋と松脂とを混ぜたもので、その量の増減によって音を下げたり上げたりするのです。笙の調律はとても繊細で、匏のなかの温度が、吹き込まれる息の温度より低いと結露が起こり、しずに水滴が付いてしまいます。すると音が下がるので、管を温めて結露しないようにしているのです。

もう一つの理由も、息に含まれる水分に関係しています。笙の簧には、切り出された振動体の隙間をできるだけ少なくするために、孔雀石（マラカイト、雅楽では「青石」と呼ぶ）を摺り下ろしたものが塗られています。乾燥すると、孔雀石の微細な粉が切れ目を塞ぎ、息を長く保つことができます。簧に水分がつくと、孔雀石の粉が溶けてしまうので、これをできるだけ防ぐために温めるのです。

原理はハーモニカと同じですが、一枚の簧で吸っても吹いても同じ音が出せるという、とても優れた楽器です。数本の穴を同時に押さえる「合竹」と、一本ずつ吹く「一竹」という奏法があります。合竹は十一種類の和音を奏でます。息の入れ方、運指の仕方によって、いろいろな奏法があります。

それぞれの竹管には、

千 十 下 乙 工 美 一 八 也 言 七
行 上 凢 乞 毛 比

と名前が付いています。このうち也と毛は、奈良時代の笙には簧が付いているのですが、現在の笙には付いておりません。したがって、也・毛の竹管は鳴りませんので、これを鳴らせというのは「也毛なこと」で、「野暮」の語の由来であるといわれています。

なお、かつては笙より大きな大笙や、竽という楽器が使われましたが、現在は古楽の復元演奏にのみ使用されています。

龍笛は〝水の精〟で、大地から天空まで活動いたします。一方、笙は〝火の精〟で、大地からひたすら天空を目指します。篳篥はその中間で〝風の精〟ということができるでしょう。この火と水と風の調和によって、素晴らしい音楽が奏でられるのです。私が雅楽を大いに好む由縁です。

竹管の並びと管名

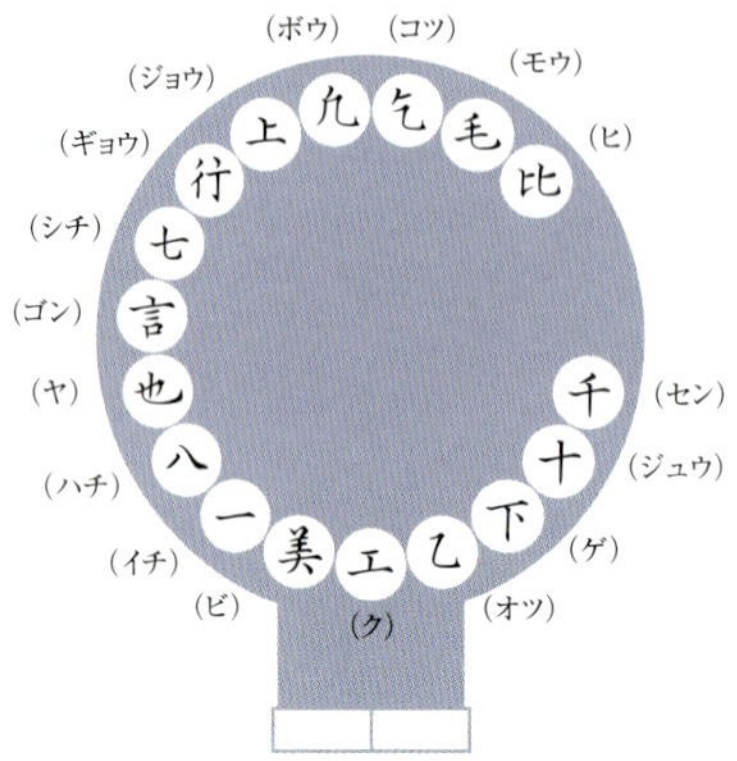

匏から竹管を外した状態

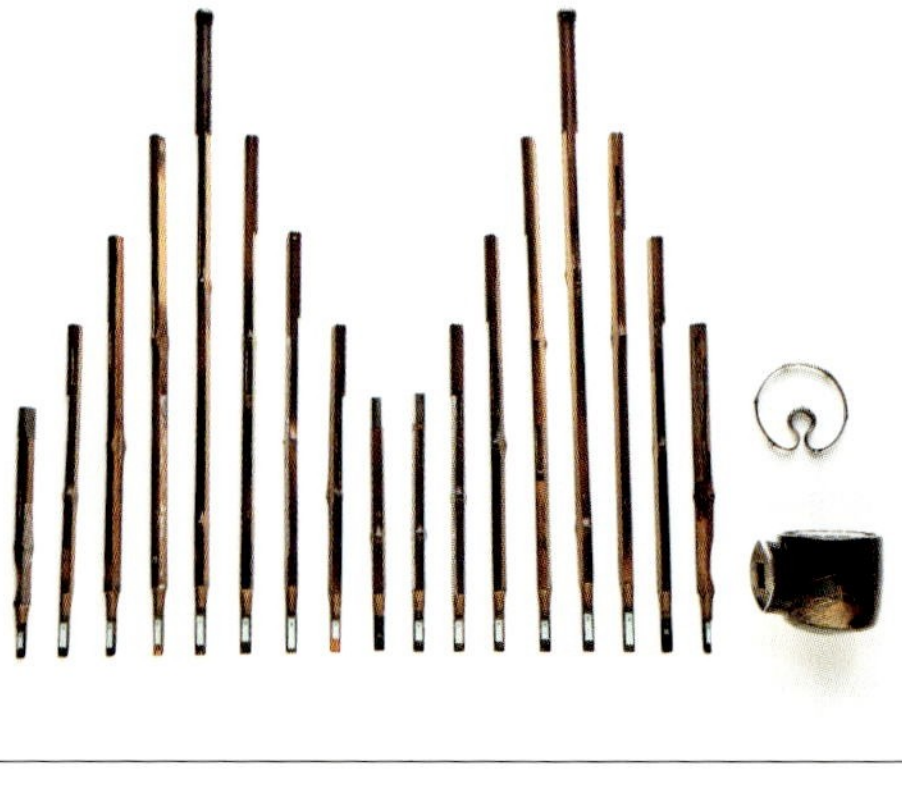

打物いろいろ

——雅楽の楽器④

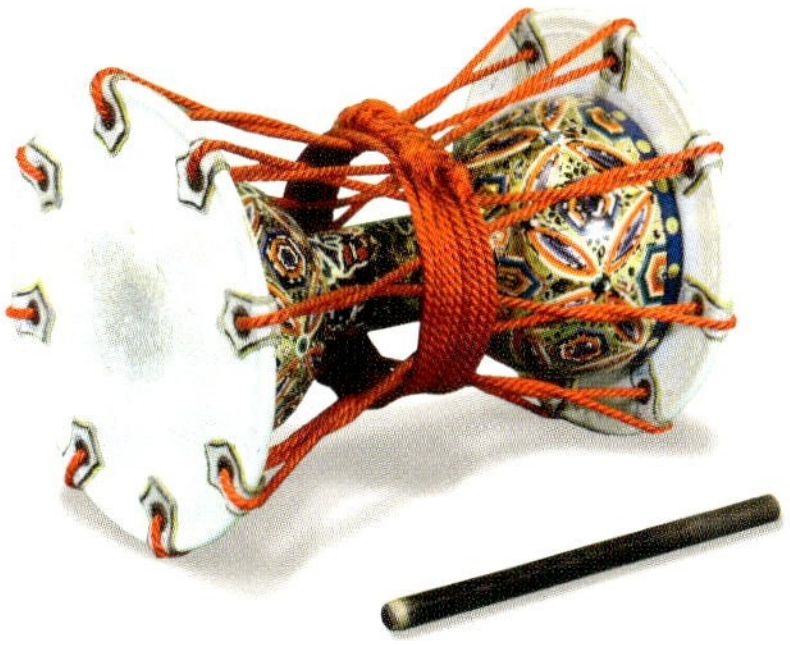

三ノ鼓

羯鼓

雅楽で用いる打楽器の総称を「打物」といいます。管絃や左方の舞楽では、羯鼓、太鼓、鉦鼓を、右方の舞楽では、羯鼓の代わりに三ノ鼓を用います。謡物では、神楽や催馬楽で、笏拍子を使用します。また曲によっては、壱鼓、振鼓、鶏婁鼓などが使われます。

かつては、銅拍子、鐃鈸、銅鑼、鈴、揩鼓、反鼻なども使われていました。このうち反鼻は、私の物語にも登場いたします。「紅葉賀」に、朱雀院への行幸に際して源氏と頭中将が青海波を舞う場面がありますが、そのなかで「四十人の垣代、言ひ知らず吹き立てたる物の音どもにあひたる松風、まことの深山おろしと聞こえて吹きまよひ、色々に散り交ふ木の葉のなかより、青海波のかかやき出でたるさま、いと恐ろしきまで見ゆ」と、垣代の場面を描きました。垣代とは、人々が円になってつくる人垣のことです。舞人はこのな

鉦鼓(しょうこ)　太鼓(たいこ)

かで装束を片肩脱(かたかたぬ)ぎいたします。このとき垣代役の人たちは手に反鼻を持ち、桴(ばち)で打ち鳴らします。

打物は、演奏の形式によって大きさが変わります。管絃や左方の舞楽では通常、羯鼓、楽太鼓(釣太鼓)、楽鉦鼓(釣鉦鼓)を用いますが、法要や儀式に参列する僧侶や神官を演奏しながら先導する「道楽(みちがく)」では、壹鼓、荷太鼓(にないだいこ)、荷鉦鼓(にないしょうこ)を用います。

また舞楽では、正式には左右一対の大太鼓(おおだだいこ)、大鉦鼓(しょうこ)を用います。大太鼓の意匠は左方と右方で異なります。左方では鼓面に三つ巴(どもえ)と剣菱(けんびし)、上方に日輪(にちりん)、枠に龍(りゅう)が、右方では鼓面に二つ巴と剣菱、上方に月輪(げつりん)、枠に鳳凰(ほうおう)が描かれています。いわば雅楽の宇宙観を表しているのです。ちなみに、この大太鼓、正式には「鼉太鼓(だだいこ)」と書きます。現在は牛皮を使っていますが、かつては鰐(わに)の一種である鼉(だ)の皮を使用したことによるのだそうです。

羯鼓(かっこ)は、長さ約三〇センチの円筒状の「鼓胴(こどう)」の両側に、直径二三センチほどの鉄の輪に皮を貼り付けた「鼓面」を合わせたものです。鼓面を「調(しらべ)

緒」と呼ばれる革紐で締め、さらにこの調緒を「小調べ」と呼ばれる紐で隣同士結びます。この小調べの締め方で、打ったときの音の高さを調節するのです。標準的には、平調（E）に合わせるのが良しとされています。ついでに申しますと、太鼓は盤渉（B）、鉦鼓は黄鐘（A）の音の高さといわれています。

鼓面の皮は、かつては「羯」の字の通り、羊の皮を用いていましたが、現在は馬の皮が使われています。今日「鞨鼓」と表記しているのは、実態に合わせたのですね。合奏での役割は、二本の桴で左右の鼓面を打って演奏をリードする、いわば指揮者でありコンサートマスターなのです。

鞨鼓は、能や歌舞伎の娘道成寺や越後獅子などの民間芸能に小道具として広く使われています。雅楽の一つの展開の姿を見ることができ、興味深いですね。

大太鼓（左方）

鼓面には三つ巴と剣菱が、火焔には龍が、上方には日輪があしらわれています

「琵琶」はいまも正倉院御物そのままの姿

——雅楽の楽器⑤

今日、雅楽では琵琶と箏の二種類の絃楽器が使用されています。正倉院にはそれ以外の弦楽器もたくさん収蔵されているのに、なぜか現在も使われているのは、この二つだけです。

琵琶という名前は、巴が二つ向かい合って並んでいる姿から付けられました。楽器の分類では、リュート属撥弦楽器になります。

弦楽器は一般に、その字の通り、弦を弓で擦って音を出すものと、撥や指で弾いて音を出すものがあります。雅楽で用いる弦楽器は弓を使いませんので、弓偏の「弦」ではなく、糸偏の「絃」の字を用います。

琵琶は、もっぱら撥で絃を弾いて音を出します。日本へ伝えられた琵琶には、絃を巻く「転手」が納められている「絃倉」の部分が、本体に対してほぼ直角である四絃曲頸琵琶と、真っ直ぐな五絃の直頸琵琶とがあります。雅楽で用いるのは四絃の曲頸琵琶で、ほかと区別するために「楽琵琶」と呼んでいます。五絃の直頸琵琶では、正倉院所蔵の「螺鈿紫檀五絃琵琶」が、優れた美術品としても有名です。

四絃系曲頸琵琶は、ペルシャ、現在のイランが起源といわれています。一方、五絃系直頸琵琶はインドが起源だそうです。世界各地に同系統の楽器があるわけです。

日本の場合は、伝来した当初の姿をそのまま留めていますが、お隣の中国では改良が加えられ、絃は金属に変わり、楽琵琶で「柱」と呼ぶフレット（勘所を示す横桁）の数も時代が下るにつれて増え、現在では三十一もあり、複雑な演奏をこなせる独立した演奏楽器となっています。

雅楽の琵琶は、正倉院に残されている幾種類かの琵琶を見ても分かるように、伝えられた当時そのままの姿で今日も使用されています。演奏方法

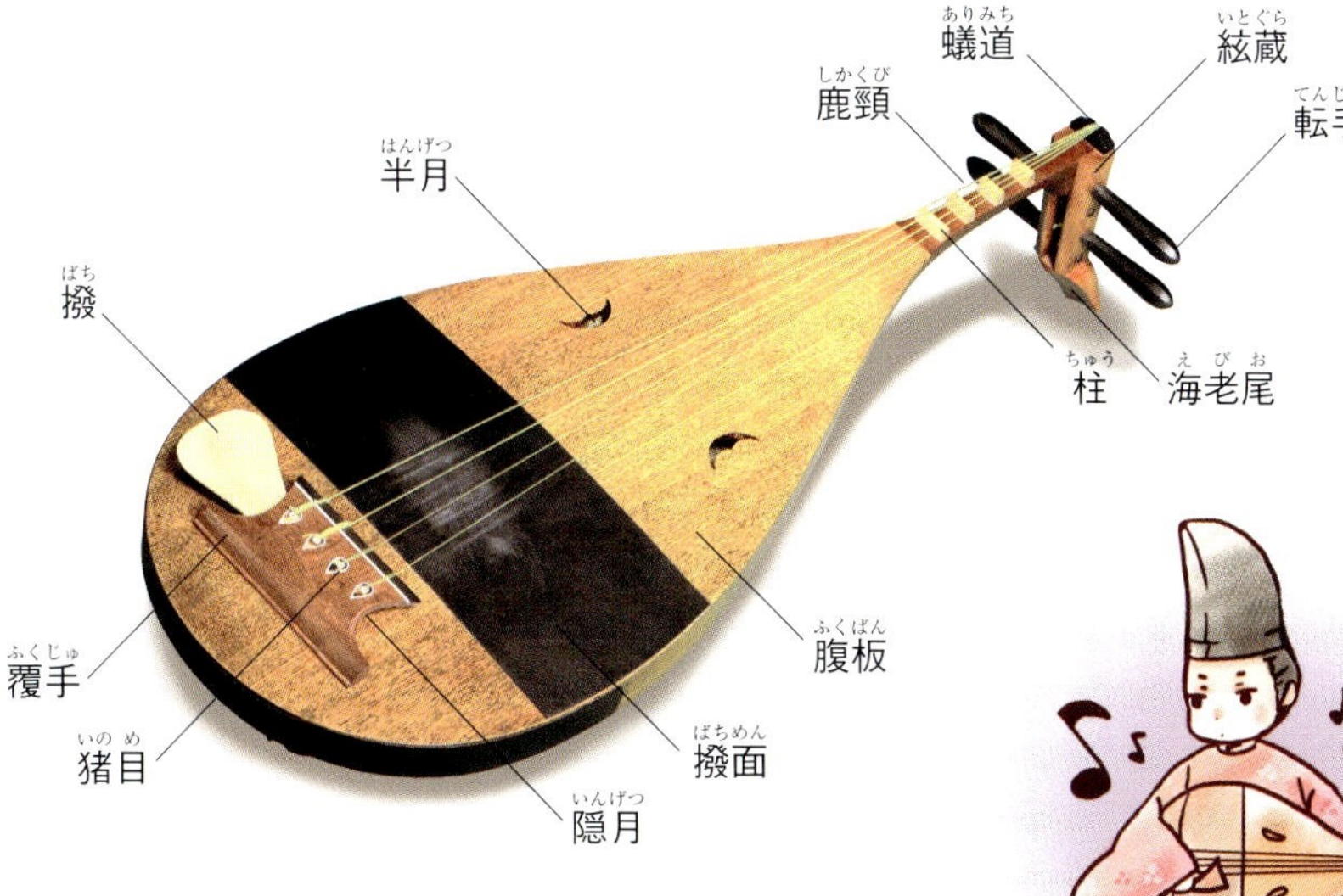

琵琶

- 半月（はんげつ）
- 撥（ばち）
- 覆手（ふくじゅ）
- 猪目（いのめ）
- 隠月（いんげつ）
- 撥面（ばちめん）
- 腹板（ふくばん）
- 鹿頸（しかくび）
- 蟻道（ありみち）
- 絃蔵（いとぐら）
- 転手（てんじゅ）
- 海老尾（えびお）
- 柱（ちゅう）

「琵琶」はいまも正倉院御物そのままの姿

も、それほど変化しているようには思われません。
管絃や催馬楽では、アルペジオ（分散和音）を奏しながらも、メロディー楽器というより、リズム楽器としての役割を果たしています。殊に、規則的な拍節を刻む西洋音楽と違って、四拍子の場合でいえば、四拍子目から次の一拍子目に至る間が各拍子と同じではないという雅楽特有のリズムを、笙とともに演奏者に伝える役目を担っているのです。

右手に持った撥によるリズムも大切ですが、左手も重要な役割を果たします。絃を押さえている指を離すことで微かな音を出したり、あるいは絃を指で叩いたりといった奏法も、微妙なリズムを刻んでいます。

「源氏物語」でもそうですが、琵琶の奏者には、地下の楽人ではなく、位の高い者がなっています。時には天皇が演奏していましたね。決して演奏が楽だからという訳ではありませんので、念のために。

「琴」と「箏」の話

——雅楽の楽器⑥

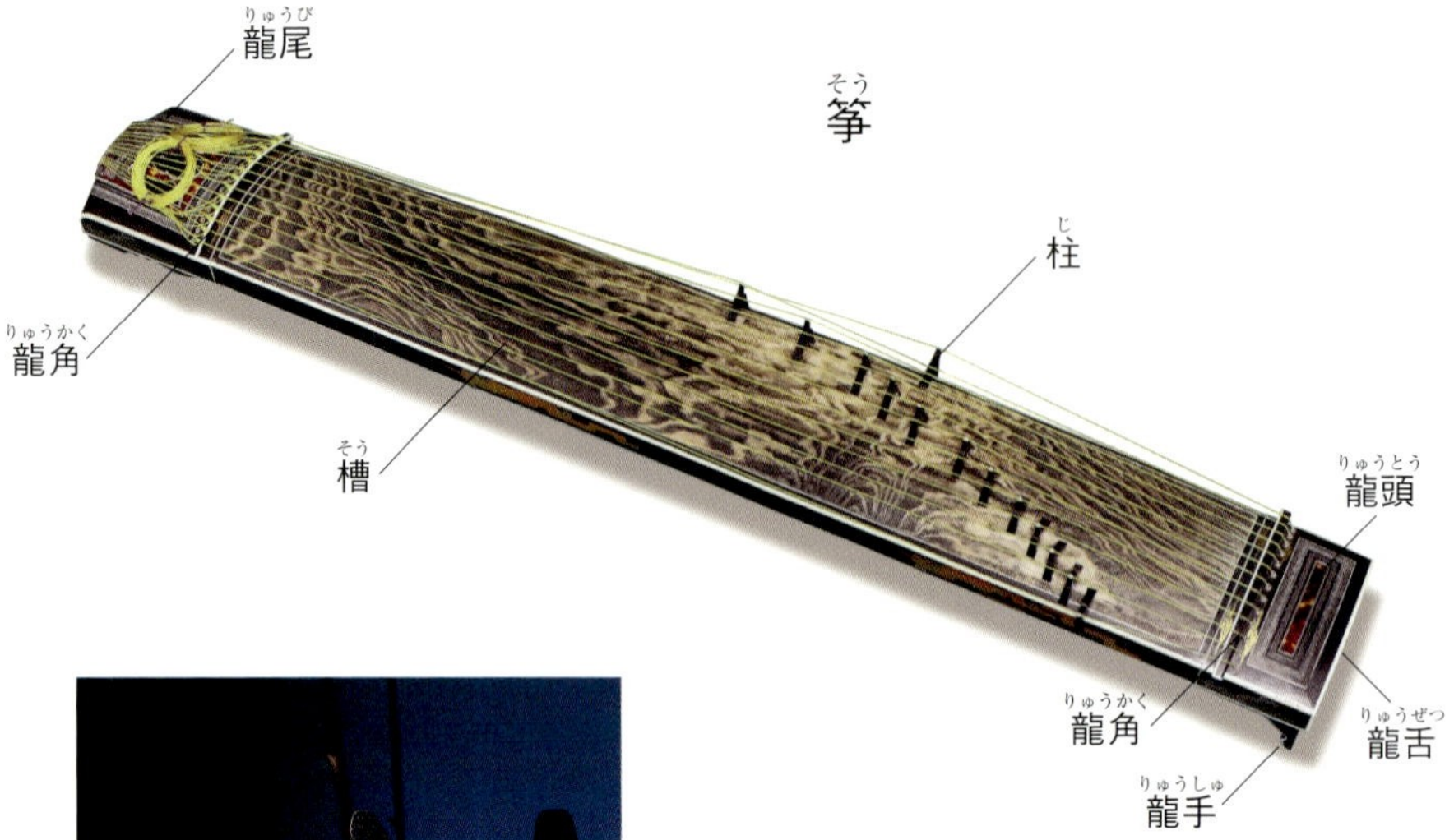

琴の演奏

私の時代は、多くの絃楽器が「コト」と呼ばれていました。コトは、絃楽器の総称のようなもので、琴、箏、和琴、琵琶、いずれもコトなのです。光源氏は、どの楽器も演奏する天才肌の芸術家です。なかでも琴の名手として際立っていました。

琴は「琴のコト」とも呼ばれ、諺に「琴瑟相和す」（＝夫婦が極めて仲睦まじいたとえ）とありますように、中国古来の絃楽器です。通常は七絃で、「七絃琴」とも呼ばれています。

中国では周朝以来、士以上の者の必修科目として礼・射・書・御・数などと並んで楽が挙げられており、なかでも琴の演奏技術の習得が重視されていました。七絃琴には、箏のように音高を決める「柱」がなく、十三の「徽」と呼ばれる印があり、これを目安として左手で絃を押さえ右手で弾きます。わが国への伝来は、正倉院御物として現存していることから推測して、奈良朝の早い時期だと思われます。私の時代には、すでに衰退期に入っていたようです。

私は「若菜下」で、源氏の口を通じて、琴の習得の難しさと、その効用について長々と論じましたが、何よりも習う者がいなくなったことを嘆いています。弘徽殿大后の怒りを買い、退京を余儀なくされた源氏が須磨へ赴くとき、ほとんど調度類を持参しなかったのに琴だけは携え、蟄居の身で無聊を託つなか、唯一の友としました。この琴が、明石の上とつながるきっかけとなるのです。天皇の命により都へ戻るとき、源氏は大切にしていた琴を明石の上に契りのしるしとして与えます。明石一族が源氏の隆盛とともに栄華を誇ったのも、琴の継承のおかげと見ることができます。

琴は、演奏法の複雑さと音量の小ささから、合奏楽器としては用いられなくなりました。瑟（大型の琴）が早い時期に姿を消していることから、「琴瑟相和す」ことの難しさを象徴しているようです。

一方、箏は、奈良時代に唐より伝わりました。秦の時代（紀元前三世紀ごろ）に蒙恬という人が作ったとされていますが、真実は定かではありません。これもまことしやかに伝えられている話ですが、絃が二十五本の瑟を、姉妹が取り合いをいたします。それを怒った父親が半分に割り、十三絃のほうが箏に、十二絃のほうが伽耶琴になって朝鮮半島へ伝わったというのです。姉妹が争ったので、箏という漢字が当てられたのだといいます。

箏は、龍の象徴とされ、現在でも部分の名称に龍頭や龍尾、龍舌などの名が残っています。約六尺のアーチのかかった中空の胴に、十三本の絃を張り、柱を用いて音程を調節します。奏者の右手に嵌めた爪（義甲）で絃を弾いて音を出し、演奏する楽器です。生田流や山田流などの俗箏と違って、雅楽の箏は絃が太く、爪も竹の節のところを使用します。琵琶もそうですが、雅楽では、リズム楽器としての役割を担っています。

雅楽人物列伝

雅楽には、長い伝統がありますので、面白い話もたくさん伝えられています。曲に由来する話、人物についての話、楽器に関わる話など、盛りだくさん。ほのぼのとした話や含蓄のある話はいいのですが、なかには、眉につばをつけたくなるような荒唐無稽のものもあります。私自身が興味を持ちました話、私の時代より後の話も数多くありますが、いくつかご紹介することにいたしましょう。

篳篥の名器「海賊丸」と「和邇部用光」

和邇部用光さんは、私と同時代の平安中期の方で、篳篥の名手として知られていました。ある時、土佐へ船で向かう途中、瀬戸内海で海賊に襲われました。「もはやこれまで、この世の別れに一曲」と、秘曲「小調子」を奏したところ、さしもの海賊も感激し、命を取らず物も取らずに去っていったということです。

難を逃れた用光さんが吹いた篳篥は、その後、「海賊丸」と呼ばれるようになりました。

百歳超えても大活躍！スーパー翁「尾張連浜主」

私の時代に、すでに伝説的な人物として知られていた尾張連浜主という方がいらっしゃいます。舞と笛に優れている方は大勢おられるのですが、この方はなにぶん、長命であったようで、仁明天皇の承和十二年（八四五）、大極殿で行われた最勝会において、自ら舞を作った「和風長寿楽」を、百十三歳の翁が少年のごとく舞ったというのですから尋常ではありません。

この方、生没年不詳なのですが、この一事から逆算して、天平五年（七三三）生まれと推定されます。もっと信じがたいことに、承和三年四月に遣唐使とともに唐へ渡り、舞と笛を学んで同六年八月に帰国したとの記録もあります。事実なら、百四歳から百七歳の時の話となります。

孝謙天皇の勅により「陵王」の舞を改作したり、仁明天皇の御即位大嘗祭に「応天楽」「拾翠楽」「河南浦」の舞を作ったりと、今日の雅楽につながる重要な役割を果たした方でもあります。笛の習得法について執筆した『五重記』は、雅楽の初期の理論書として有名です。

このようにお元気だったのは、雅楽をなさったおかげでしょうか。あやかりたいものですね。

雅楽の知識の宝庫『教訓抄』を記した「狛近真」

狛近真さんは、奈良・興福寺に属する鎌倉時代前期の楽人です。笛と左舞を得意としました。左方の舞楽「蘭陵王」に、秘曲とされた「荒序」の部分があります。虚実のほどは分かりませんが、近真さんは、外祖父の狛光季さんが荒序を舞うのを夢に見たお母さんから、この舞を教わりました。

近真さんの立場は少し複雑で、最初、狛氏庶流の則房さんの養子となりましたが、祖父・光近さんの跡を継いだ実兄の光真さんに嫡子がなかったため、その嫡子となります。光真さんが長い間、左方の舞人のナンバーワンである「一の者」でありましたので、近真さんが「一の者」になったときは、すでに六十四歳でした。舞、しかも蘭陵王が上手であったことは、「春日権現験記絵」に、春日大社の社頭で「蘭陵王」を舞う様が描かれていることからも分かります。

近真さんが雅楽の世界で有名なのは『教訓抄』という書物を著したからです。この書物は、狛家に伝わる雅楽に関する伝承はもとより、他家の伝承についても記した雅楽の知識の宝庫です。殊に、今日廃絶した曲を復元するには欠かせない書物で、天理大学雅楽部が取り組んでいる伎楽の演技も、この本の内容を基にしたそうです。

この書物の執筆について、近真さんは「長男も二男もこの道を継ぐ気がなく、三男はわずか二歳と幼少であるから、楽道の教訓を子孫に遺さねばならぬとの使命感から著した」と述べています。

　私には聡明な娘がおりましたので、何も心配はありませんでしたが、いずれの世界でも後継者には苦労しているようですね。それでも、孫の狛朝(とも)葛(かず)さんが活躍し、『続教訓抄』を著していますので、おじいさんも頑張った甲斐(かい)があったというものです。近真さんの『教訓抄』は、三大楽書の一つに数えられていますが、当然のことですね。

孔子も感激した燕国の音楽引き継ぐ「常世乙魚」

　雅楽の演奏者には、大陸から日本へ渡り、帰化した方がたくさんいらっしゃいます。その一人、常世乙魚(つねよのおとうお)さんは珍しいお名前ですが、中国の燕(えん)国から帰化した一族の末裔(まつえい)と伝えられています。

　燕国は、建国も亡国も紀元前ですので、本当のところ、国の様子は分かりません。ただ、その音楽はとても優れていたそうで、かの孔子(こうし)さんは、一度聴いて三カ月も肉の味が分からぬほど感激したとか。国が滅んでも、文化を担った一族が戦火を逃れてほかの国に移住することはままありましたから、乙魚さんもその一族かもしれません。

　乙魚さんは、笛の師匠である大戸清上(おおとのきよかみ)さんとともに、作曲、作舞などに活躍しました。弘仁(こうにん)年間

常世乙魚が作った曲の一つ「河南浦(かなんふ)」（左方・黄鐘調(おうしきちょう)）

（八一〇～八二四）、嵯峨天皇の南池院行幸の時、清上さんが作曲した「秋風楽」に舞を付け、承和年間（八三四～八四八）には「輪台」「青海波」「河南浦」を共作したといいます。また「胡徳楽」を、唐楽の横笛の譜を元に高麗楽の曲にしたり、天皇の命で「十天楽」を作ったりしました。「十天楽」は、東大寺の講堂供養の日に十人の天人が天下って仏前に花を供えたことにちなんだ曲です。

類まれなる音楽の天才「敦実親王」

宇多天皇の第八皇子として、寛平五年（八九三）にお生まれになった敦実親王さまは、お母様が醍醐天皇と同じ藤原高藤の娘・胤子であるという出自もさることながら、雅楽のみならず諸芸に通じた才能に恵まれた方でした。十五歳で元服とともに親王となり、最高位の一品に叙せられています。藤原時平の娘を奥様に迎え、のちに雅楽家として活躍する雅信、重信、寛信というお子をもうけています。この三人は、源姓を賜って臣籍降下し、宇多源氏の元となっています。

延喜八年（九〇八）、藤原忠房が作った曲に舞を付け、元号を取って「延喜楽」と命名しています。また、宇多天皇が退位し太上天皇となって

延喜楽（右方・高麗壱越調→DVD収録）
左方の舞楽「萬歳楽」の番舞として、日本で作られました。代表的な右方の平舞です

子供の相撲をご覧になった際、同じく忠房が作った曲「胡蝶」に舞を付けています。兄の醍醐天皇が崩御されたのち、女御の藤原能子のもとへ通ったという恋物語も伝わる、なかなかの方であったようです。

琵琶の演奏にも優れ、蝉丸は敦実親王の演奏を聴いて秘曲を学び、次に紹介する源博雅は、蝉丸のもとへ三年通ってこれを学んだといいます。のちに出家して覚真と名乗り、父・宇多天皇が建立した仁和寺に住み、七十五歳で遷化しています。

鬼も認める笛の名手「源博雅」

源博雅さんは、延喜十八年（九一八）のお生まれですから、私より少し前の時代に活躍した人です。醍醐天皇のご子息、克明親王の長男ですから、家柄は申し分ありませんが、臣籍降下し、源姓を賜与されたところは、光源氏の君と同じです。従三位まで上り詰めましたので、「博雅三位」、また「長秋卿」とも呼ばれていました。

楽器は何でもこなすという雅楽のエキスパートで、殊に笛は名人の一人に数えられています。

この方の逸話はたくさん伝わっています。東山に住むお坊様が、天から美しい楽の音が聞こえるので天を仰ぐと、西の空に五色の雲がたなびいて、音はそこから聞こえてくる。たどって行ってみると、高貴な貴族の館で子供が生まれるところだった。子供が生まれると楽の音はやみ、雲も消えた。その生まれた赤子が博雅さんだったというのです。

また、このような話があります。琵琶の秘曲である「流泉」と「啄木」を聴くために、博雅は逢坂に住む琵琶の名手・蝉丸法師の庵へ、秘かに夜通しで通い続けました。ある夜、蝉丸が「流泉」を弾いていたとき、物音で博雅に気づきました。蝉丸は博雅を咎めましたが、三年間通い続けたことを知ると、この二つの秘曲を伝えたといいます。

また、渡来の琵琶「玄象」が内裏からなくなり、時の帝、村上天皇は嘆いていました。博雅が宿直をしていた夜、朱雀門のほうから玄象の音が聞こえるので行ってみると、音はさらに南から聞こえ、羅城門まで来ると、門の上で鬼が玄象を弾いていました。返してくれるように言うと、紐に結ばれた玄象がするすると降りてきたというのです。

そのほか、盗人を笛で改心させたり、朱雀門の鬼と笛を交換して名笛「葉二」を手に入れたりと、面白い話がいっぱいです。みなさまの時代では、小説『陰陽師』とそのコミック版や映画で、主人公・安倍晴明の友人として、博雅のことはよく知られているそうですね。

日本の雅楽の礎築いた「大戸清上」

大戸清上さんは、名字は「おおと」と「おおべ」の二つの読み方がありますが、名前は「きよかみ」です。平安時代初期の雅楽家として優れた業績を残しています。殊に「雅楽寮」に勤めて、アジア諸国の音楽を習得するだけでなく、楽器や演奏の形態を整備し、今日の雅楽の礎を築きました。「胡飲酒」「安摩」の曲の改訂をはじめ、「秋風楽」「拾翠楽」「応天楽」「海青楽」「承和楽」など多くの曲を手がけています。

笛の師匠として、和邇部大田麻呂や常世乙魚な

安摩（左方・壱越調→DVD収録）

ど、のちに活躍する多くの演奏家を育てています。雅楽の整備に力を注いだ仁明天皇も、弟子の一人です。仁明天皇が神泉苑への行幸のとき、船楽の船が池に浮かぶ中島を周ってくるうちに一曲作るよう命じた際、篳篥の奏者「尿麿」とともに見事に作曲。これは「海青楽」と名づけられました。

承和五年（八三八）七月、遣唐使の藤原常嗣や准判官・藤原貞敏、僧円仁らとともに、音楽の長として唐へ渡り学びましたが、翌年八月の帰国の折、船が遭難して帰らぬ人となりました。

雅楽書『龍鳴抄』を著した「大神基政」

大神基政さんは、私より二世代あとの方です。幼少より石清水八幡宮に奉仕する楽人でありましたが、時の雅楽界の大立者、大神惟季に才能を見いだされ、養子となりました。笛の奏者として優れ、養父・惟季は著書『懐竹抄』のなかで、横笛の奏者として並ぶ者がいない、そのうえ、管絃の心得に精通していると褒めちぎっております。

宮中の楽人として活躍し、堀河・鳥羽両天皇の笛の先生でもありました。「皇帝破陣楽」などの秘曲を伝授。堀河天皇の勅により「壱団嬌」を琵琶譜から笛の譜へ移し、編纂した「笛譜」は、雅楽の国風化を知る良い手本とされています。口伝・故事などを集めた楽書『龍鳴抄』を著し、演奏における拍子のあり方についての説明は、後世の

雅楽に大きな影響を与えたと言ってよいでしょう。

箏の奏者としても優れ、娘の夕霧さんは、その技を受け継ぎ名を残しています。ちなみに、『建礼門院右京大夫集』の作者として知られる建礼門院右京大夫は、夕霧さんの娘ですので、基政さんの孫ということになります。

『龍鳴抄』では、「時の声」ということにふれています。一年であれば春夏秋冬、一日でも夜と昼というように、時宜にかなった音楽を奏でるのが良いというのです。インドの音楽に似ていますね。

林邑八楽伝えた「菩提僊那」と「仏哲」

菩提僊那さんは、もともと南インドのバラモン教のお坊様でした。仏教を学ぶために、現在の中国の山西省にある霊山で修行に励み、のちに長安の崇福寺を拠点に活動しました。唐代の中国には、各地から仏教を学ぶために多くの人が集まってきました。現在のベトナムのチャンパに当たる林邑からは、林邑僧の仏哲さんも来ておりました。

菩提僊那さんは天竺楽を、仏哲さんは林邑楽をよくされたようです。当然、当時流行していた唐楽も学んでおりました。お互いに、それぞれの国の音楽を教え合ったものと思われます。

お二人は、第十代の遣唐使副使中臣名代や、入唐していた僧侶理鏡らの要請を受け、唐楽を奏する皇甫東朝らとともに、天平八年（七三六）、日本においでになります。このとき、難波津まで東大寺の大僧正行基さんが迎えに行っています。奈良の都・平城京までの道のり、登美山に建立中であった霊山寺にお立ち寄りになりますが、菩提僊那の故郷とそっくりであったことから、没後はここに葬ってほしいとおっしゃったそうです。

菩薩（左方・壱越調→**DVD収録**）
インド・ベトナム地方を起源とする「林邑八楽」の一つです

一行は、大安寺にお住まいになり、仏教とともに、それぞれの音楽を多くの人々へ伝えました。天平勝宝四年（七五二）、東大寺の大仏開眼会の際、開眼導師を務めたのが菩提僊那さんでした。この世紀の法要では、伎楽、唐楽、天竺楽、林邑楽などが盛大に演じられました。

菩提僊那さんや仏哲さんらによって伝えられ、林邑八楽といわれる「胡飲酒」「迦陵頻」「万秋楽」「安摩」「陪臚」「抜頭」「蘭陵王」「菩薩」の八曲は、いまも有名です。「菩薩」はしばらく廃絶曲となっていましたが、平成四年（一九九二）に元宮内庁楽師の芝祐靖先生が古譜を元に再現され、平成二十二年には天理大学雅楽部が舞を試作復元しました。幸いなことに、公演の案内役であった私も拝見しました。なんと果報者でしょう。

ちなみにこの年は、菩提僊那さんが亡くなって千二百五十年に当たるところから、遺言通りに葬られたと伝えられる霊山寺で法要があり、この舞を奉納しています。

雅楽の国風化進めた「仁明天皇」

仁明天皇さまは弘仁元年（八一〇）、嵯峨天皇の皇子としてお生まれになりました。在位は、嘉祥三年（八五〇）に崩御なさる少し前までの十七年間。奥様のお一人に藤原沢子さんがいらっしゃいますが、この方は私の物語の桐壺更衣、つまり光源氏のお母様のモデルといわれています。真偽のほどは私しか知りません。フフフフ……。

いわゆる「承和の変」では、皇太子であった従兄弟に当たる恒貞親王に謀反の疑いをかけて廃し、この後、自身の第一皇子である道康親王（のちの文徳天皇）を後継に立てました。皇位を、兄弟とその息子が交替して相続するという、それまでの原則が崩れ、直系王統が成立したのです。仁明天皇は、かなり強引な方であったようですね。

学業諸芸に優れ、中国語もよく解した方です。和琴を、和琴と催馬楽の達者であった広井女王と源信に、箏を同じく源信に、笛を大戸清上に学んでいます。事実上、最後の遣唐使の准判官として琵琶の藤原貞敏と琴の良峯長松を、音楽の長として笛の師匠である大戸清上を派遣しました。この後、遣唐使の派遣が終わったため、唐との交流も絶え、雅楽の国風化が始まります。

仁明天皇の即位の際には大戸清上に曲を、三島武蔵に舞の制作を命じ、翌年の「黄菊の宴」で披露されました。この時の年号を取って「承和楽」と命名されています。また、ご自分でも「夏引楽」「長生楽」「西王楽」などを作曲なさいました。

第三章

雅楽部物語

ユニークな活動を続ける天理大学雅楽部さん。
この章では、その悲喜交々（ひきこもごも）のエピソードをご紹介しましょう。

最高の演奏をお供えしたい！

——天理大学雅楽部の始まり

天理大学雅楽部は、昭和二十六年（一九五一）の創部ということですから、すでに六十年、いわば還暦を迎えたことになります。その前身をたずねますと、天理外国語学校（大正十四年〈一九二五〉設立）の寄宿舎に神殿が設けられ、神様をお祀りするようになった昭和八年までさかのぼります。

寄宿舎の祀り所は「ふるさと講」と名づけられ、教職員や学生さんたちによって、朝夕のおつとめと月々の祭典が勤められました。祭典の際の奏楽は、雅楽の心得のある人が奉仕しました。

第二次大戦後の昭和二十四年、学制改革によって、天理外国語学校を母体として天理大学が建学されました。それに伴い、祭典の奏楽奉仕をしていた人のなかから有志が集まり、雅楽部が誕生したのです。祭儀式用の雅楽の修練が中心でしたが、雅楽の持つ本来の芸術性に注目し、管絃に留まらず舞楽も演じるようになりました。「神様にお供えする音楽を奏でるのだから、いい加減なもので

舞楽「八仙」（右方・高麗壱越調→DVD収録）
古代中国の伝説上の山・崑崙山の８人の仙人が帝の徳を称えて舞った様子とも、空を飛び回る鶴の姿を象ったともいわれます

はなく最高のものを」との思いで、真剣に練習したそうです。これが雅楽部の良き伝統となり、今日の隆盛の元になっていると思われます。

ところで、なぜ天理教の祭儀に雅楽を用いるのか、雅楽部がよく受ける質問だそうですので、少々ややこしいお話となりますが、しばらくお聞き取りください。

明治の初めのことです。政府は神道を国家の大本として、各宗教の上に置くことにいたしました。その際、仏教側の要請により、国民への宣伝機関として、東京に「大教院」、地方に「中・小教院」が設けられました。しかし、もともとより仏教と神道が一緒になるのは無理というものです。大教院は設立からわずか三年足らずで解散することとなり、その前に、神道側の組織として「神道事務局」が残りました。

そのころ日本にあった独立した教義をもつ宗教は、明治になって政府の公認を得るために、この神道事務局（のちに「神道本局」と改称）に所属いたしました。天理教も一時、神道事務局の所属となりました。明治十八年（一八八五）のことです。

その神道が、明治になって祭式の音楽として雅楽を採用することになり、天理教も式楽として雅楽を用いるようになりました。明治四十一年、天理教は神道本局より独立いたしましたが、祭儀式の音楽として、その後も雅楽が使われてきたというわけです。

六十年の歳月を重ねますと、どのような団体でも、組織ならば必ずと言っていいほど紆余曲折があり、いろいろな経験をいたします。雅楽部もご多分に漏れず、貴重な経験を積んでおられるようで、悲喜交々、いまとなっては懐かしい思い出となっているようです。そのなかから、いくつかのエピソードをご紹介いたしましょう。

転機となった定期公演の実施

雅楽部の練習は、大学の講義が終わった後の午後四時半から始まります。当初は週四回、月・水・金・土曜の練習が基本で、演奏会が近づくと毎日行っていました。演奏会といっても、大学祭への出演や、わずかな依頼演奏くらいのもので、毎月の「ふるさと講」の祭典奏楽がメーンの活動でした。

昭和三十七年（一九六二）からは、演奏技術の向上と親睦を兼ねて、夏季合宿が毎年行われるようになりました。講師を迎えての練習も始まりました。少しずつではありますが、練習曲も増え、舞楽も行うようになりました。天理高等学校には、以前から雅楽のクラブがあり、このころから、高校で雅楽を経験した人が入部するようになりました。これも、雅楽部の活動が活発になっていった要因の一つと思われます。

雅楽部の大きな転機は、定期公演を始めたことにあるようです。昭和四十一年、第一回公演を「天理教館」で開催しました。

天理教館とは、当時おもに講演会場として使われていた建物のことです。大正十二年（一九二三）に建築されたのち、昭和二十四年に日本初の新劇の常設劇場「築地小劇場」をモデルとして改装、固定七百七十八席、補助席を入れると一千席の劇場となりました。この年、木下順二作の戯曲「夕

第１回大阪公演（昭和56年）から神楽「其駒」

鶴」が山本安英さんの主演で初演され、一般にも知られるようになりました。

翌四十二年の第二回公演からは、その年に完成した天理市民会館が会場となりました。その後、東京と大阪でも定期公演を行うようになりました。

定期公演では毎回、管絃と舞楽の演奏を数曲披露いたします。そのため練習も、ほぼ毎日行うようになりました。また、毎年同じ曲を演奏するわけにはいきませんから、発想を豊かにするために、テーマを決めてプログラムを組むことにしました。現在は、私の物語がテーマとなって、すでに十年以上も続けられています。

テーマを決めますと、それにふさわしい曲目を選びます。おのずと新しい曲に挑戦するようになり、レパートリーが増えてきました。殊に、謡物の一つである催馬楽は、毎回の公演に向けて復元を試み、すでに二十数曲が試作復曲されています。舞楽も、従来の舞に新たな手を加えたり、廃絶された舞を試作したりしています。

そのための装束や道具類の制作も、雅楽部の大切な仕事の一つとなりました。通常の練習は毎日の放課後に当てられ、公演が近づきますと、それに加えて公演用の練習が別に設けられます。土曜、日曜、祝日も、世間で言います「盆も正月もない」雅楽づくめの毎日です。

しかし、あくまでも大学のクラブ活動ですから、雅楽部では、それぞれの専門の学問を修めることを第一に置いていることは、忘れずに付け加えておきましょう。

〝異種共演〟はおもしろい①

——西洋音楽とのピッチの違い

雅楽部の活動で面白いのは、雅楽とは別のジャンルとのコラボレーションでしょう。邦楽系のみならず、吹奏楽やオーケストラもあれば、ジャズやコンテンポラリー・ミュージックの先端である電子音楽との共演もあります。

異種音楽との演奏といっても、同じ音楽ですから簡単そうに思えます。けれども実際は、音の高さの基準となるピッチが違うので、合わせるのはなかなか大変です。

西洋音楽では「A」の音を四四〇ヘルツとしています。なかには、四四二〜四四三ヘルツにする場合や、バロックなどの古典のように四四〇ヘルツより少し低くすることもあります。

これに対し、雅楽は現在、四三〇ヘルツとしています。ピッチは時代によって変化するようで、昔はもっと低かったといわれています。

さて、コラボとなると、どちらかのピッチに合わせなければなりません。吹奏楽と合わせたときには、クラリネットなどの管楽器の管のつなぎ目を少し伸ばして、低くしてくれました。大変なのは、オーケストラとの共演でした。作曲者の指定は四三〇ヘルツだったのですが、オーボエ奏者の方が絶対音感を持っていて、四三〇ヘルツにできないというのです。仕方なく、雅楽のほうが四四〇ヘルツに合わせることになりましたが、笙は繊細な調律が必要ですので、急には対応できません。それでも何とかピッチを変えて、事なきを得たそうです。

演奏が終わると、オーボエの奏者が、不思議そうな顔をしながら篳篥の奏者のところへやって来ました。そして「どのように音の高さを変えたのですか?」と質問しました。篳篥という楽器は、リードに巻く「図紙」という紙を増やすと音が低くなり、減らすと高くなる仕組みになっていて、調整がいたって簡単です。その説明を聞いたオーボエ奏者は、いたく感激したそうです。

現在では邦楽系の音楽も、ほとんど洋楽のピッチになっていますので、雅楽も合わせてはどうかという話もあります。けれども、ピッチを上げると、琵琶や箏の絃を、いま以上に引っ張ることになり、結果として切れやすくなります。また、管楽器の音の感触が落ち着きなく感じられるということで、そのままになっているそうです。

このほか、前衛舞踏や日本舞踊といった踊りのグループ、生け花や書道などの場合は、いずれも音を提供するだけなので、あまり問題はありませんでした。雅楽部にとって、ほかのジャンルとの共演は、技術のみならず芸術に対する意識を磨く、貴重な機会になっているようです。

〝異種共演〟はおもしろい②

――白虎社の衝撃

異種共演のなかで、いまでも語り継がれていますのは、「白虎社」という前衛舞踏のバックミュージックをお手伝いしたことです。白虎社さんは、京都を本拠地として活躍した前衛舞踏の一つです。当初は「東方夜總会」という名前でスタートしましたが、雅楽部がお付き合いを始めたころは、東方夜總会「白虎社」とのお名前でした。

前衛舞踏といいますのは、ドイツの「ノイエ・タンツ（新舞踊）」に影響を受けて、一九六〇年代に日本を中心に始まった現代舞踊の一つです。草創期の代表である土方巽さんや大野一雄さんは「暗黒舞踏」と称していました。全身を白く塗りたくり、全裸に近い姿で奇怪に動き回るというのが、一般の人たちが持っているイメージでしょう。

これまでの舞踊とまったく違うところは、自らの舞踏を、「イマジネーションと身体を結びつける回路の開発」であると述べられた土方さんの言葉に端的に表れています。海外でも評判になり、「ＢＵＴＯＨ」の語がそのまま通用しています。

白虎社さんは、土方さんを第一世代としますと、一九八〇年代に活躍する前衛舞踏第二世代に属しています。同時期の集団に「山海塾」があります。白虎社さんの代表である大須賀勇さんは、自分たちの芸術を「明るい暗黒」と呼んでいます。象徴的な言葉ですね。

雅楽部は、「伝染するメディア　南方熊楠のようなテレビジョン」や「ひばりと寝釈迦」のタイトルで演じられた舞踏のバックミュージックを担当しました。一緒に演奏した方々のなかには、「マルパ（mar-pa）」というグループや、義太夫の大家もいました。そのなかで、学生さんは多くのものを学びました。まず、芸に対する姿勢です。単に身体を鍛えて裸で動き回っているとしか見えないものが、実は深遠な思想と、積み重ねられた経験、そして入念な訓練と反省から成り立っているということです。そのために、予定された練習時間が延々と伸びていくのです。マルパや義太夫のプロの方々が、文句一つ言わずに黙って練習に付き合う姿も勉強になりました。

　当時、雅楽部の学生さんは全員が男子でした。若い学生さんの目の前を、裸に近い若い女性が動き回るのですから、その驚きはいかばかりか、お分かりいただけると思います。芸を徹底的に追求する練習に付き合ううちに、男性が女性の裸を見る目ではなく、美しく鍛えられた身体、一つの宇宙を構成する身体、いわば神聖なものとして捉(とら)える目が養われたといいます。このころから、雅楽部の演奏に、味といいますか、うまみが出てきたといわれるようになりました。

　私、白虎社さんの近況を知りたくてインターネットで調べたところ、歌手の荻野目洋子(おぎのめようこ)さんのバックで踊っている映像を「YouTube(ユーチューブ)」で見つけました。雅楽部がお付き合いをしていたころと変わらない姿に、正直言いまして、少しショックを受けました。

廃絶した曲や舞を掘り起こす

——試作復元へのチャレンジ

雅楽部の活動で特筆すべきことの一つに、演奏されなくなった曲や舞の復元があります。

長い雅楽の歴史を眺(なが)めてみますと、「曲名は残っていても譜のないもの」「譜はあるけれども演奏されなくなったもの」「演奏されているけれども舞がなくなったもの」などいろいろです。雅楽部は、ここに注目して、復曲・復舞に挑戦しているのです。

曲の復元の場合、譜のまったくないものは復元しようがありませんが、一部の楽器の譜が残されていれば、その譜を頼りに、ほかの楽器の譜を考えることができます。

舞の復元の場合、舞譜(まいふ)があるものについては、解釈の問題はありますが可能です。舞譜のないものについては、実際に演じられているほかの舞を参考に創作することになります。

これまでに復元を手がけた数多くの曲や舞には、それぞれエピソードがありますが、そのなかの一つをご紹介いたしましょう。

「採桑老(さいそうろう)」という曲があります。曲はいまも残っているのですが、舞は長い間途絶えていました。採桑老はもともと、雅楽をもっぱらとする多家(おおのけ)の家伝の舞でありました。ところが、私の時代より一世代のちの楽人で、この舞の伝承者でありました多資忠(すけただ)さんが、舞の伝授を巡るいざこざで殺されてしまいました。幸い、大阪の四天王寺(してんのうじ)でこの舞を伝えておられた秦公貞(はたのきんさだ)さんという方が、資忠さんのお子様の近方(ちかかた)さんに教えられたおかげで絶えることはありませんでした。しかしこの事件以来、舞った者は間もなく死ぬという噂(うわさ)が流れ、不吉な舞として舞われなくなったのです。

この曲は元来、老人が、不老長寿の妙薬であり霊力を持つとされた桑の葉を摘み、百歳の長寿を得たというめでたい曲です。用明天皇（在位五八五～五八七）の御代に、大神公持さんが百済より伝えた舞であるともいわれています。舞に伴って

舞楽「採桑老」（左方・盤渉調→DVD収録）
雅楽部が復元を試みたのは平成10年のこと。現在でこそ、稀に舞われることがありますが、当時はまだ上演がタブー視されていました

歌われる「詠」は、幼年から百歳までのそれぞれの年齢における来し方を歌っています。

昭和になって、それぞれ所属団体の違う二人の方が、果敢にもこの曲を舞われましたが、やはり舞ってほどなく亡くなられました。以後、どなたも舞う方はありませんでした。

雅楽部では、定期公演のテーマを「老い」とした際に、この曲に挑戦することにしました。四天王寺の楽人であった林家伝来の素晴らしいお面を使用することができる幸運も手伝って、上々の仕上がりとなりました。

まず、舞いながら詠を歌いますが、年齢にふさわしい舞振りにいたしました。舞人は鳩杖といって、作り物の鳩が先端に乗っている杖を持って舞うのですが、最後は、舞台上でこの杖に寄りかかって大往生します。このとき、杖から鳩が飛んでいくように工夫をしました。

ちなみに、このとき舞った学生さんは、もう二十年もたちますが、健在です。ご安心ください。

必要とあらば何でも作ります！
――面や装束の制作

曲や舞の復元によって、雅楽部の演奏の幅は広がりましたが、大変なのは、それに見合う装束や面の調達です。現存する舞の装束でも、容易に手の届かないほど高価なものもあります。どこにもないもの、あってもお借りするのが難しいものは作るしかありません。昔の絵図などに舞の姿が残っていれば、それを頼りに制作できますが、ないものは何らかの手がかりを得て創作することになります。

面の制作は、和紙を貼り重ねて作った「散手」が最初でした。そのうちに、樹脂で美術加工品を制作する会社の協力を頂いて、多くの面を手がけるようになりました。このほか、さまざまなものを作りましたが、圧巻は何と言っても「太平楽」と「青海波」の装束の制作でしょう。

「太平楽」は、多くの武具を身にまとう派手な装束が見ものです。この装束を持っているのは、宮内庁をはじめ、ごくわずかな雅楽団体だけです。昭和六十年（一九八五）、当時二回生だった部員さんたちは、幹部となる翌年の定期公演に、ぜひこの舞をと思い、装束の制作を志しました。当時の雅楽部の監督さんが、アメリカの大学へ一年間赴任する予定でしたので、早めに制作の許可を得にいったところ、「学業が疎かになる」と却下されてしまいました。それでも諦めきれず、許可を願う手紙をアメリカの監督さんに送りましたが、結果は同じでした。

翌年、監督さんが帰国してみると……なんと装束が完成しているではありませんか！　学生さんたちは、一年かけてコツコツと制作していたので

監督の反対を押し切って完成させた「太平楽」の装束。この曲はいまや雅楽部の重要なレパートリーの一つです

す。武具の多くは、樹脂の会社のお世話になったようですが、大変なのは鎧の金唐皮でした。皮に金箔を貼らねばなりません。京都の専門家に教えを請うて技法を学び、作り上げたとのことです。現在の装束は、修正を重ねた二代目だそうです。

え？　お勉強のほうが心配？　ご安心ください。このとき制作に関わった部長さんは、その後ドイツへ留学、大学院博士課程を了えて、ケルン大学の雅楽アンサンブルを指導しているそうです。

✣

私の物語で世間に知られるようになった「青海波」は、「太平楽」と同じく装束がきらびやかです。そのため制作に、ひと苦労せねばなりませんでした。青海波の装束の袍には、いわゆる「青海波模様」が織り込まれています。この模様には上下がありますので、袖の部分に使う布を織るときには、袖山の部分から先は、それまでと模様を逆さまに織っていかなければなりません。必要とあらば何でも作ってしまう雅楽部です。しかし、これればかりは費用こそかかってしまいますが、専門家へお願いすることにいたしました。

問題は縫製です。現在は女子部員がいますが、当時はすべて男子学生。針も糸も手につかない者が、立派に織り上がった高価な反物を型紙通りに裁断し、縫わなければなりません。でも、高価なものですから、担当の学生さんはなかなかハサミを入れることができません。何度も型紙を反物に合わせては、長考を重ねます。見るに見かねた監督さんの「間違ってもよい。切ってしまえ！」のひと言で、えい！　や！　と、ようやくハサミを入れたとのことです。

青海波の装束。浅黄色の袍に遊ぶ千鳥は、男子部員たちの血と汗の結晶!?

この袍には六十四羽の千鳥が飛んでいます。青海波は二人舞ですので、合計百二十八羽となります。千鳥は絹糸で刺繍するのですが、プロに頼めば、一羽で三万円かかるとのことです。そこで、授業時間の合間に部員が刺繍することになりました。男子学生がせっせと刺繍する姿、みなさまは想像できます？　彼らの頑張りのおかげで、装束は見事に完成いたしました。

ほかにも、いろいろな物を作りました。舞楽「裹頭楽」では、蛾の姿の装束を、舞楽「皇麞」では、四頭立ての鹿を最後は二頭にする装束を作りました。舞楽「狛犬」では、神社の社前を守る狛犬を参考に、面と装束を制作しました。

作りものについては、聞けば聞くほどおもしろい話がいっぱいありますが、続きはまたの機会に。

見知らぬ兄弟姉妹と出会うために

——海外公演

雅楽部の多彩な活動の一つに、海外公演があります。昭和五十年（一九七五）、韓国、香港、台湾での公演を第一回として、これまでにアジア、南北アメリカ、ヨーロッパ、ユーラシア、オーストラリアなど延べ五十カ国を訪問、平成二十三年（二〇一一）の中国・西安での公演で第二十三回を数えます。その一つ一つに、さまざまな思い出が詰まっているそうで、それこそ〝千夜一夜物語〟になりそうです。

海外公演の始まりは、雅楽部に所属している学生さんに天理教を信仰している人が多くいることに関わりがあります。もちろん、クラブ活動ですので、そうでない学生さんもいますが、例年、入部する学生さんの多くが天理教と何らかの関わりがあるようです。

天理教の重要な教えの一つに、世界中の人間お互いは、すべて兄弟姉妹であるというものがあります。同じ肌や髪の色で、同じ言葉を話している人々のなかでも、互いが兄弟姉妹であると実感するのは難しいものです。それが、肌の色も違えば、生活習慣や文化も違うところで、果たして兄弟姉妹と実感できるかどうか——というのが、海外へ出かけるきっかけだったそうです。観光旅行も悪くないけれども、何かを持って外国へ出かける、その何かが雅楽だったのです。

これまでの公演スケジュールを見てみますと、一カ所に二泊か、多くても三泊で、次の土地や国へ移動するという厳しいものですが、通常の観光では味わえない貴重な経験をしているそうです。

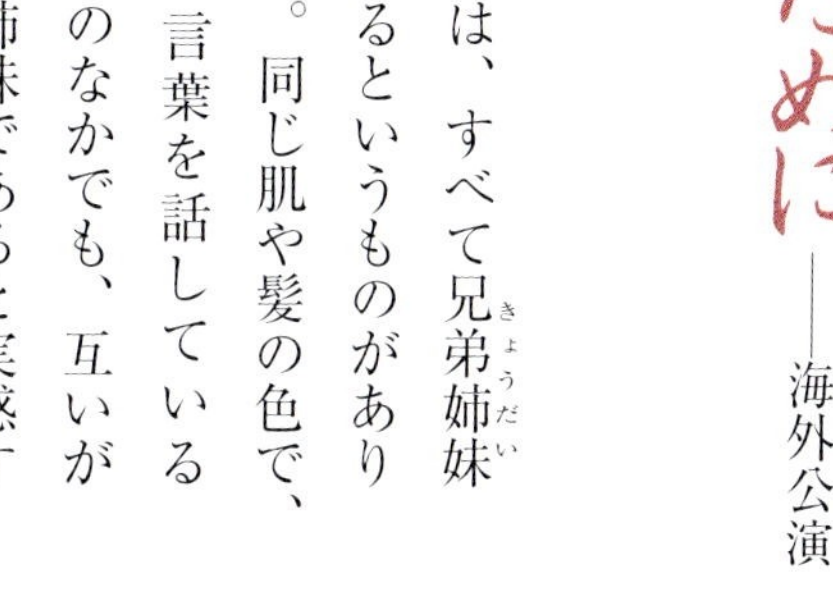

中国・敦煌の莫高窟前での演奏。ここはシルクロードの要衝であり、かつて西域の音楽はこの地を通って唐へ伝えられました。公演は日本の雅楽のルーツを訪ねる旅でもありました

演奏会場も、オペラハウスやコンサートホールといった一流の会場もあれば、自分たちでお掃除から演奏場所の設営までしなければならないところまでさまざまです。これまで行った演奏会場のなかには、スペインはバルセロナのサグラダファミリアの前や、中国は敦煌の莫高窟の前といった珍しいところもあります。イタリアはローマのイエズス会の本山であるイグナチオ教会は、ヨーロッパのキリスト教会中、演奏会場としては最高だそうで、ここでの演奏では、笙はまるでパイプオルガンのように鳴り響いたといいます。

おかげさまで、いずれの公演でも観客のみなさまにご満足いただいています。よく日本人の方が「外国人に雅楽が分かるのですか？」と質問されるそうです。これは、私の小説「源氏物語」もそうですが、かつて川端康成さんがノーベル文学賞を受賞したときも同様の質問があったといいます。そういう方には「あなたは、シェイクスピアやトルストイを読んで分からないのですか？」と逆に質問すると納得していただけるようです。同じく、

クラシックやジャズを聴いて分からないということはありませんよね。

ただし、雅楽はエキゾチックであるとか、昔からの伝統的な芸術であるという理由だけでは、決して外国の方々に受け入れていただけません。音楽として、舞踊として、歌としてどうであるのか、芸術性を問われるわけで、それに応えねばならないのは当然のことでしょう。

雅楽部がアメリカ合衆国を三週間ほど巡回公演したとき、ニューヨーク公演後、「ニューヨークタイムズ」紙が芸術欄に署名入りの長い批評記事を載せたそうですが、日本的であるとか、伝統的であるとかではなく、聴衆として鑑賞し楽しむことができたと、お褒めの言葉を頂いたとか。

多くの素晴らしい経験もありますが、現地で法定伝染病にかかり、帰国後、治療を余儀なくされたことも忘れられない思い出だといいます。これまでに、そんなつらい経験をした人が十人いるそうです。過去二十三回の公演で延べ五百人の学生さんが参加しましたが、日本人観光客が決して泊まることのないような宿で、食事も現地の人と同じものを頂くのですから、この割合は、まあまあというところでしょうか。当の学生さんが、現地の兄弟姉妹の苦労の一端でも味わうことができたと喜んでいるそうですから、それも貴重な経験かもしれません。

バルセロナ・サグラダファミリア前で管絃、舞楽を披露。演奏を終え、インタビューに答える部員たち。後方に見えるのは世界遺産に登録された「生誕の門」

幻の天平芸能「伎楽」との出合い

雅楽部の活動が広く知られるようになったのは、伎楽（ぎがく）の復興に携わったことが大きいようです。伎楽とは、いわゆる仮面舞踊劇の一つです。その歴史をたどりますと、推古（すいこ）天皇の二十年、みなさまがお使いの西暦では六百十二年に、朝鮮半島にあった百済（くだら）から味摩之（みまし）という方が来日され、大和（やまと）の桜井（さくらい）で、伎楽を真野首弟子（まののおびとでし）、新漢済文（いまきのあやのさいもん）らの少年に教えられたと、『日本書紀』に記されています。

味摩之が伝えた伎楽は「呉楽（くれのうたまい）」とも呼ばれ、聖徳太子の奨励もあって、飛鳥の大寺には伎楽の面や装束が置かれ、おもに仏教行事の際に演じられていました。また、外国の使節をもてなすためにも用いられました。伎楽は人々の楽しみとして受け入れられていたことから、「娯楽（ごらく）」の語源ともなりました。

昭和55年、幻の天平芸能「伎楽」が復興。天理大学雅楽部は演技と演奏を務めました（東大寺大仏殿昭和大修理落慶法要）

しかし、その後の新しい大陸文化の伝来と日本化の過程で、いつしかその姿は歴史から消えてしまい、各地の祭礼に登場する獅子（しし）や天狗（てんぐ）、猿田彦（さるたひこ）に、わずかにその痕跡（こんせき）を残すのみとなりました。

それゆえ〝幻の天平芸能〟といわれております。

この伎楽を昭和五十五年（一九八〇）、東大寺大仏殿の屋根を葺き替えた記念の法要の際に復興しようという一大プロジェクトが立ち上がりました。曲を芝祐靖（元宮内庁楽部楽師）、舞を東儀和太郎（元宮内庁楽部首席楽長）、装束を吉岡常雄（大阪芸術大学名誉教授）、そして監修を小泉文夫（東京芸術大学教授）、笠置侃一（春日大社南都楽所楽頭）をはじめとする諸先生方の合力によって復興することになりました。その折、演技と演奏を務めたのが雅楽部なのです。

復元に当たって、演技の拠りどころとなったのは、天福元年（一二三三）に狛近真さんが著した『教訓抄』という書物でした。初めて東大寺で演じた伎楽は、わずかな所作をするものでした。

雅楽部では、その後も『教訓抄』を頼りに一年に一つずつ試作復元し、芝祐靖先生に作曲をお願いして、毎年の定期公演で披露するようになりました。これは、伎楽の復興に功績のあった、当時ＮＨＫのディレクターであり研究者でもありました堀田謹吾さんが、能に対する狂言のように、「しかつめらしい雅楽に対して、少しおとぼけの伎楽」という位置づけを考えられたのを受けて、定期演奏会の演目に加えることにしたのです。

伎楽はその後、大きく展開いたします。玄奘三蔵の取経の旅を毎年五月五日、薬師寺で演じることになったのです。このとき玄奘さんの役は、プロの方が素面で演じられます。田村高廣さんに始まり、山田吾一、水谷八重子（二代目水谷八重子）、中村時蔵、中村信二郎（二代目中村錦之助）、片岡孝太郎、片岡孝夫（十五代目片岡仁左衛門）、中村梅玉、上原まり、滝田栄、茂山逸平、榎木孝明のみなさまがお務めになりました。錚々たるメンバーでしょう。

雅楽部は、この方々とご一緒することによって、学芸会レベルの演技を脱し、伎楽らしい演技を学んでいったのです。このほか「命の水」「親子獅子」「聖武天皇の夢」など、〝新伎楽〟と呼んでもよい、新しい演目を次々と発表しています。これからの展開が楽しみです。（→DVD収録）

伎楽の主な登場人物

【治道(ちどう)】
道を清める役目を担い、目に見えない邪鬼を高い鼻でかぎわけます

【獅子(しし)】
ライオンをモチーフにした聖獣。邪鬼を見つけると噛(か)み付いて退治します

【獅子児(ししご)】
獅子をあやしながら、邪鬼を見つけます

【迦楼羅(かるら)】
ヒンドゥー教の神鳥『ガルーダ』。害虫を食べる「けらはみ」という所作をします

【呉公(ごこう)】
呉の国王、または貴人。扇を持って登場し、笛を吹く所作をします

崑崙をこらしめる力士（右）。病気の獅子に薬を与える呉女（左）

【呉女】
呉公のお后、または美しい女の人の役です

【崑崙】
呉女に懸想して言い寄りますが、金剛と力士に成敗されます

【金剛】
仏教の守護者。力士とともに呉女に言い寄る崑崙をこらしめます

【力士】
仏教の守護者。金剛とともに呉女に言い寄る崑崙をこらしめます

【婆羅門】
インドで最高位にある僧侶。伎楽では「襁褓洗」というオムツを洗う所作をします

【太孤父・太孤児】
信仰熱心な老人とその子、または仕えている者。仏に礼拝する所作をします。写真は太孤父の面です

【酔胡王】
中国より西域にあった胡国の王様。酔っ払って登場します

【酔胡従】
酔胡王の従者たち。王に従って数人が登場し、大いに騒ぎます

雅楽の魅力、伝えるために頑張ります！
――「依頼演奏」

さて、私のご案内もいよいよ最後となりました。雅楽部の活動でもう一つ、ご紹介しておきたいのが「依頼演奏」です。海外の方が参加する学会やシンポジウム、団体の創立記念行事など、演じる機会は多岐にわたります。同じ奈良という地の利ゆえ、東大寺さん、薬師寺さんなど、大和の大寺での法要にも奉仕しています。殊に、二〇一〇年は「平城遷都千三百年記念祭」が平城宮跡を中心に盛大に行われ、この行事に全面協力することになりました。

まず、大極殿再建の起工記念式典に始まり、記念祭の年までの十年間、毎年ゴールデンウィーク中に行われた「平城遷都祭」に参加。平城京遷都をイメージしたパレードの一行を伎楽で先導し、ゴールの朱雀門では雅楽の演奏で出迎えました。また、この行事を海外へ宣伝するために、中国・西安での日中友好三十五周年記念祭や、韓国の百済文化祭でも演奏しました。

本番の二〇一〇年は、まず五月三日、平城宮跡での一万三千人によるパレードに、伎楽と雅楽で先導を務めました。現役部員では人数が足りず、ＯＢも加わっての演奏でした。大極殿まで歩いて演奏する「道楽」の後、大極殿前の特設舞台で、パレードの参加者が全員到着するまで演奏を続けました。この日は殊のほか日差しも強く、三〇度を超える暑さでした。平城宮跡には、日陰も冷気を送る設備もなかったため、パレードの参加者が次々と熱中症で倒れ、救急車が行き来するという状況でしたが、そのなかで、なんと管絃「陪臚」を三十六回も繰り返したのです。

真夏に屋外ステージで開かれた「雅楽フェスティバル」では舞楽「太平楽」を演じ、これも、舞人は装束だけに汗で大変でした。

記念祭の期間中、特に活躍したのは、秋に催された古代行事の復元でした。古代の庭園を再現した「東院庭園」での「曲水の宴」の伴奏や舞楽「柳花苑」は、往時の雰囲気を大いに醸し出し、来場者を喜ばせました。このほか、射礼、また蹴鞠や相撲節会における「勝負楽」なども務めました。

2010年５月、平城宮跡・大極殿前の特設舞台で演奏。
管絃「陪臚」を36回繰り返した

記念祭のハイライトは、天皇皇后両陛下おなりのもとに行われました記念式典です。このときは、天平楽府さんとともに管絃「皇麞急」でお客様をお迎えし、新作ミュージカルでは「陪臚」の道楽による先導を務め、仗楽を披露しました。

十二月三十一日はフィナーレです。朝から吹雪となり、開催が危ぶまれましたが、雅楽部が道楽でパレードを先導するときには雪も上がり、寒さに震えながらも無事に終えることができました。

このように、極暑で始まり、極寒で終わった行事でしたが、いずれも大極殿前というのは、何か因縁めいていますね。

‡

このほかにも、雅楽部は、いろいろな国の演奏団体を受け入れて公演を行ったり、学校で雅楽のワークショップを開いたりと大忙し。あれもこれもお話をしたいのですが、私もそろそろおいとましなければなりません。また、お会いできる日を楽しみにしております。さようなら。

著者あとがき

天理大学雅楽部は、昭和二十六年（一九五一）の創部ですから、実に六十年の歳月を経たことになります。筆者は五年前に還暦を迎えましたので、ほぼ同年と見てよいでしょう。筆者が雅楽部と関わりをもって約四十年になります。人生の三分の二を雅楽部と共にしたことになります。

このたび、道友社より本書『雅楽「源氏物語」のうたまい』を出版していただくことになりました。学生の域を超えてユニークな活動を続ける雅楽部の六十周年の節目に、何かできないかという話のなかから、本書の出版が企画されたのです。今日、雅楽の概説書はそれほど多くありませんが、そこそこあります。それゆえ、単なる概説書ではなく、これまで馴染みのなかった方にも親しんでいただけるものを目指しました。

雅楽部は、昭和四十一年より天理での定期公演を始めました。現在は、東京と大阪でも実施しています。学生が公演を企画し曲を選ぶので、四年を一つのサイクルとして、どうしても同じような選曲になってしまいます。殊に舞楽は、使用可能な装束の関係もあって、なおさらそうなります。そこで毎回、公演にテーマを設け、そのテーマにふさわしい曲を選ぶようにしました。催馬楽の復曲や舞楽装束の制作は、このなかから必然的になされるようになりました。

しかし、このテーマ制もマンネリ化し始めました。そこで、「源氏物語」が構想執筆されて千年と考えられる平成十三年（二〇〇一）の定期公演より、雅楽の宝庫といってもよい「源氏物語」を共通テーマとして、公演を持つようになりました。

平成二十年、京都をはじめ「源氏物語」ゆかりの地で、「源氏物語千年紀」として記念の行事が開催されました。これは、『紫式部日記』の寛弘五年（一〇〇八）十一月一日の条にある、物語が宮中で読まれているという記述に依ったものです。雅楽部は、紫式部が愛する夫・藤原宣孝と、わずか三年の結婚生活で死別し、中宮彰子に仕えるようになった長保三年（一〇〇一）を執筆構想の年と考えて千年としたのです。本当は、公演のテーマを「千年の恋」としたかったのですが、すでにその名で映画化が進められていましたので、相互に想い思う「想思千年」といたしました。

この舞台の進行を、執筆者の紫式部さんにしていただくことにしました。それまでの雅楽部の公演は、曲目解説を載せたパンフレットを用意して、会場でのアナウンスはなし、という方法でした。紫式部が語る曲目解説は、お客様の評判も良く、シナリオを書くのが楽しみになりました。本書も、そのスタイルを踏襲しています。紫式部役は、雅楽部員であった奥野（旧姓・佐藤）美知さんに始まり、時には山サキ久美子さんなど専門の方にもお願いしましたが、多くはＦＭラジオで活躍中の川崎圭子さんが務めてくださっています。冒頭の「みなさま、こんにちは。紫式部でございます」の台詞は、一瞬、戸惑いと笑いと沈黙の間がありますが、すぐに会場は拍手に包まれます。

本書は、「第一章　源氏物語と雅楽」「第二章　雅楽物語」「第三章　雅楽部物語」から成っています。第一章の源氏物語では、国学者・山田孝雄先生が著書に書いておられるように、源氏物語にはふんだんに雅楽の曲が散りばめられているので、どの曲も捨てがたく、涙を飲んでの選択となりました。第二章では、雅楽がおおよそ分かるような解説と、雅楽に関わる著名な人物のエピソードを取り上げました。第三章は、雅楽部の長い歴史のひとコマと、特徴的な活動を紹介いたしました。

こうして、あらためて歴史を振り返ってみますと、雅楽部は、演奏会に足を運んでくださる方はもちろんのこと、いかに多くの方々のご支援とご協力を頂いてきたかが、ひしひしと分かります。

毎回の公演には、著名な先生方の玉稿を頂き、価値あるパンフレットとなっています。これをまとめただけでも、立派な雅楽の本ができます。お名前を挙げますと、このあとがきのページを全部使っても足りないほど、多くの人や団体のお世話になってきたことを実感いたします。誌上をお借りして、御礼申し上げたいと思います。誠にありがとうございました。

本書のイラストは細川佳代（ほそかわかよ）さんにお願いしました。巷間（こうかん）に流布（るふ）している「源氏物語」の絵柄は、伝統的な絵巻物に依拠しているものがほとんどです。細川さんのイラストは可愛（かわい）らしく描かれ、ほのぼのとした雰囲気を醸し出しています。

雅楽には、楽器の演奏があり、歌があり、舞がありますから、文章だけでは伝わりません。そこで、ＤＶＤを付けていただきました。撮影と編集は、雅楽部ＯＢの木本篤史（あつし）さんを中心とした道友社の映像スタッフが取り組んでくださいました。ありがたいことです。演奏は、もちろん天理大学雅楽部です。これだけでも、お楽しみいただけると思います。

今回の本でも、北村譲英（じょうえい）さんが拙宅へ原稿を取りに日参してくださいました。北村さんは、もちろん道友社の編集スタッフですが、雅楽部ＯＢでもあり龍笛（りゅうてき）が堪能です。毎朝、私のところに通ってくれました。「今回の本でも」と申したのは、前著『お道の常識』（二〇〇四年、道友社刊）も、そのようにしてできたからです。誠にありがたいことです。

毎朝、紫式部さんの語りを思い浮かべながら、文章を紡いできました。映画のタイトルではありませんが、還暦を越えて、紫式部さんに「千年の恋」をしてしまったようです。

平成二十四年一月

佐藤浩司

佐藤浩司【さとう・こうじ】

1946年、北海道生まれ。70年、天理大学文学部宗教学科卒業。72年、天理教校本科卒業。天理大学教授。同大学おやさと研究所主任。大学在学中は雅楽部に所属、奉職後もその指導に携わり顧問を務める。廃絶曲の試作復元をはじめ、同部のユニークな活動を企画立案し、学生たちとともに、その実現に試行錯誤を重ねる。「源氏物語千年紀」(2008年)の際には、「源氏物語と雅楽」について各地で講演。そのほか、雅楽に関する出版物の監修・執筆などにも多数携わる。著書に『お道の常識』(道友社)など。

■**協力**(順不同)　宮内庁式部職楽部
薬師寺
芝祐靖（雅楽演奏家）
天理教音楽研究会雅楽部
天理教校学園高等学校雅楽部

雅楽　「源氏物語」のうたまい

立教175年(2012年)　3月1日　初版第1刷発行
立教176年(2013年)　2月26日　初版第2刷発行

著　者　佐藤浩司
編　者　天理教道友社

発行所　天理教道友社
http://doyusha.jp
〒632-8686　奈良県天理市三島町271
電話　0743(62)5388
振替　00900-7-10367

印刷所　株式会社 天理時報社
〒632-0083　奈良県天理市稲葉町80

ISBN978-4-8073-0565-0
定価はカバーに表示